Zones humides

CHARLOTTE
ROCHE

Zones humides

ROMAN

Traduction de l'allemand

J'AI LU

Pour Martin.

S'occuper des personnes âgées en famille, j'en pense le plus grand bien. Moi, comme presque tous les enfants de divorcés, j'ai envie que mes parents se remettent ensemble. Le jour où ils seront dépendants, je n'aurai qu'à flanquer leurs compagnons en maison de retraite. Ensuite, je m'occuperai chez moi de mes parents divorcés, je les collerai dans un seul et même lit conjugal jusqu'à ce que mort s'ensuive. C'est mon idée du bonheur suprême. Il suffit de patienter : un jour, j'aurai la main.

Mes hémorroïdes ne datent pas d'hier. Pendant bien des années, je me suis interdit d'en parler : c'est bien connu, ça n'arrive qu'aux pépés. Les hémorroïdes, je trouve que ça fait tout sauf jeune fille en fleur. Ce que j'ai pu les traîner chez le proctologue ! Il m'a d'ailleurs conseillé de les garder tant qu'elles n'étaient pas douloureuses. Et elles ne l'étaient pas. C'était juste une démangeaison, et mon proctologue, le docteur Fiddel, m'a prescrit une pommade au zinc.

Pour apaiser les irritations externes, on en met une noisette sur le doigt à l'ongle le plus court, et on répartit sur la rosette. Le tube a un drôle d'embout pointu percé de plein de trous qu'on peut aussi introduire dans l'anus pour y mettre de la pommade et calmer la démangeaison à l'intérieur.

Avant d'avoir cette pommade-là, je me grattais le trou du cul en plein sommeil. Dehors et dedans. Si fort que le lendemain, ma culotte avait une tache brun foncé de la taille d'une capsule de bouteille. Tellement ça m'avait gratté. Tellement j'avais enfoncé le doigt. Quand je vous dis que c'est tout sauf jeune fille en fleur…

Mes hémorroïdes ont une allure très particulière. Au fil des ans, elles n'ont cessé d'évoluer vers l'extérieur. Autour de la rosette, il y a maintenant des lobes de peau en forme de nuages, on dirait les tentacules d'une anémone de mer. Le docteur Fiddel appelle ça du « chou-fleur ».

Selon lui, si je voulais m'en débarrasser, ce serait une intervention purement esthétique. Les hémorroïdes, il ne les enlève que quand elles sont vraiment gênantes. J'aurais une bonne raison de le faire si elles ne plaisaient pas à mon amoureux, ou si mon chou-fleur m'oppressait pendant les rapports sexuels. Mais ça, je ne le reconnaîtrai jamais.

Si quelqu'un m'aime ou si je le fais juste bander, ce chou-fleur n'a guère d'importance. Et puis ça fait un bail, depuis mes quinze ans – et j'en ai dix-huit –, que la sodomie me réussit très bien, malgré ce chou-fleur qui prolifère. Me réussit, c'est-à-dire que je jouis rien qu'avec une queue dans le cul, sans qu'on touche à rien d'autre. Oui, j'en suis fière.

J'ai d'ailleurs un excellent moyen de vérifier si un mec prend les choses au sérieux : lors des premiers rapports, je propose ma position préférée, moi en levrette, tête baissée, lui qui, par-derrière, me met la langue dans la chatte, le nez dans le cul – et là, faut avoir la patience de se frayer un chemin, vu que le trou est bouché par le potager. C'est la position dite de « la tête qui fourre ». Personne s'en est jamais plaint.

Quand on a un problème de ce genre à un organe qui compte dans les rapports sexuels (au fait, le troufignon est-il un organe ?), mieux vaut faire preuve de décontraction. C'est utile pour la sodomie, par exemple, où il faut se laisser aller, lâcher prise.

Le cul, chez moi, fait partie intégrante du sexe, de toute évidence. Il doit donc sacrifier à cette manie actuelle du rasage, tout comme ma chatte, mes jambes, mes aisselles, la lèvre supérieure, les deux gros orteils et le cou-de-pied. Il va de soi qu'on ne rase pas la lèvre supérieure, mais qu'on l'épile, car nous avons toutes appris que sinon la moustache pousse de plus en plus drue. Autant éviter, pour une fille. Avant, je vivais très heureuse sans me raser, mais depuis que je m'y suis mise, je ne peux plus m'en passer.

Revenons-en au rasage du cul. À la différence des autres, je sais parfaitement à quoi ressemble mon troufignon : je le regarde tous les jours dans notre salle de bains. Il faut se placer le cul face au miroir, bien écarter les fesses des deux mains, rester jambes tendues, descendre la tête presque jusqu'au sol et regarder entre ses jambes, par-derrière. C'est exactement dans cette position que je fais mon rasage du cul, sauf que je dois toujours lâcher une des deux fesses pour l'effectuer. On place le rasoir mécanique sur le chou-fleur, et on rase un bon coup vers l'extérieur, hardiment. Faut pas hésiter à aller jusqu'au milieu de la fesse, où un poil va parfois s'égarer. Assez récalcitrante en mon for intérieur, je m'y prends toujours beaucoup trop vite, à la va-comme-je-te-pousse. Et voilà comment je me suis fait cette fissure anale pour laquelle je suis hospitalisée en ce moment. Tout ça à cause de cette opération *ladyshave. Feel like Venus. Be a goddess !*

Tout le monde ne sait peut-être pas ce qu'est une fissure anale. C'est un traumatisme ou une minuscule lésion de la peau de la rosette. Et quand, par-dessus le marché, cette petite plaie ouverte vient à s'infecter, ce qui est hélas hautement probable dans cette région-là, ça fait un mal de chien. Voilà où j'en suis en ce moment. D'autant que le trou du cul est en perpétuel mouvement, quand on parle, rit, tousse, marche, dort, et surtout aux toilettes. Il a fallu que j'aie mal pour le savoir.

Maintenant que mes hémorroïdes enflées appuient très fort sur l'estafilade, elles ne cessent d'agrandir la fissure : je n'ai jamais autant souffert qu'au cul. Et j'ai du recul. Ce qui vient juste après, en deuxième position, c'est la douleur que j'avais eue quand mon père m'avait raclé toute la colonne vertébrale, ratatatatat, en claquant à mort le coffre de la voiture. En troisième position, il y a la fois où j'ai arraché mon piercing du sein en enlevant un pull. Ce qui fait que je me retrouve avec un téton fourchu, en langue de serpent.

Revenons-en à mes fesses. En butte à des souffrances atroces, à la sortie du lycée, je me suis traînée jusqu'à l'hôpital pour montrer ma déchirure à tous les docteurs qui voulaient bien la voir. On m'a aussitôt attribué un lit dans le service de proctologie – ou des maladies internes, comment faut-il dire ? « Maladies internes » vaut mieux qu'une appellation trop spécifique comme « service du cul », qui pourrait faire des envieux. On généralise sans doute, en disant « maladies internes ». Je me renseignerai plus tard, une fois que les douleurs auront disparu. En tout cas, plus le droit de bouger, je reste prostrée dans une attitude fœtale. La jupe relevée et la culotte baissée, le cul vers la porte. Pour que toute personne qui entre dans ma chambre sache aussitôt de quoi il retourne. Il doit y avoir une belle inflammation : tous ceux qui entrent font « oh ».

Et enchaînent sur le pus, sur une cloque de lymphe gonflée à bloc et pendue à mon troufignon. Cette cloque, je l'imagine comme la poche que certains oiseaux tropicaux ont sur le cou, quand ils avalent plein d'air pour la parade amoureuse. Un sac bien tendu, tout brillant et violacé. Le proctologue suivant entre et me lance, laconique : « Bonjour, je suis le docteur Notz, professeur médecin des hôpitaux. »

Là-dessus, il m'enfonce quelque chose dans le cul. La douleur me troue la colonne vertébrale, me monte jusqu'au front. Je manque de perdre connaissance. Au bout de quelques secondes de douleur, j'éprouve une sensation d'éclatement mouillé, et je crie : « Aïe, merci de m'avoir prévenue ! C'était quoi, nom d'une pipe ? »

Il fait : « Mon pouce. Excusez-moi, mais je ne pouvais rien voir, avec cette grosse cloque devant. »

En voilà des façons de se présenter !

— Et alors, qu'est-ce que vous voyez, maintenant ?

— Il faut opérer immédiatement. Vous avez déjeuné, ce matin ?

— Comment aurais-je pu, avec une telle douleur ?

— Bon, dans ce cas, anesthésie générale, c'est préférable, vu la situation !

Tant mieux. Je n'ai aucune envie d'assister à la scène.

— Qu'est-ce que vous ferez au juste, pendant l'opération ?

La conversation me fatigue déjà. Difficile de se concentrer sur autre chose que les douleurs.

— Nous enlèverons l'inflammation autour de la fissure. Par résection cunéiforme.

— Cunéiforme, ça ne me dit rien. Vous pourriez me faire un dessin ?

Manifestement, on ne demande pas souvent au professeur Notz, professeur médecin des hôpitaux, d'esquisser brièvement ses projets opératoires. Il aimerait s'en aller, regarde dans la direction de la porte et pousse un soupir à peine audible.

Il finit tout de même par tirer de sa poche poitrine un stylo-bille argenté qui doit peser lourd et valoir cher. Notz regarde autour de lui, l'air de chercher un bout de papier. Pourvu qu'il n'attende pas que je l'aide, j'en suis incapable. Le moindre mouvement me fait mal. Je ferme les yeux, mais je ne peux pas m'empêcher de les rouvrir, tant j'ai hâte de voir le dessin. Le papier dans la paume, il griffonne dessus avec son stylo, puis il présente son œuvre. Je lis : chou frisé à la crème. Ça ne s'invente pas, il a arraché un bout du menu. Je retourne le papier. Il y a tracé un cercle, je suppose que c'est mon troufignon. Et dans ce cercle, une fente pointue, triangulaire, comme une part de gâteau qu'on aurait chipée.

Ah, d'accord ! Merci, docteur ! Et la peinture, ça ne vous a jamais tenté, avec le talent que vous avez ? Ce dessin est parfaitement inutile et ne m'avance guère, mais j'arrête là mes investigations. D'autant que ce type n'a aucune envie de m'aider à clarifier mes idées.

— Et en trois coups de cuiller à pot, vous pourrez sûrement enlever le chou-fleur, dans la foulée ?

— C'est bien ce que je compte faire.

Il s'en va, me laissant dans une mare de pus. Seule, je commence à avoir peur de l'opération. L'anesthésie générale ne me met pas à l'aise : et si la personne endormie, une fois sur deux, ne se réveillait pas ? Je me trouve très courageuse d'en subir une, malgré tout. Ensuite, c'est au tour de l'anesthésiste.

Celui qui va m'endormir s'installe à mon chevet, tout près de ma tête, sur une chaise beaucoup trop basse. Il me parle tout en douceur, et face à ma situation pénible, se montre plus compréhensif que le docteur Notz. Il me demande mon âge. Si j'avais moins de dix-huit ans, il faudrait ici une personne ayant l'autorité parentale, mais ce n'est pas le cas. Je lui dis que je suis majeure cette année. Il m'observe, le regard inquisiteur. Je sais, on ne me croit jamais. Je fais un peu plus jeune que mon âge. Là, je connais la tactique : je prends mon air sérieux, du genre tu peux me croire à fond, en le fixant avec détermination. Son regard se modifie. Il me croit. Point, à la ligne.

Il m'explique les effets de l'anesthésie : il va falloir que je compte, et à un moment donné, je décrocherai sans m'en apercevoir. Pendant toute l'opération il sera à mon chevet, surveillera ma respiration et verra comment je supporte l'anesthésie. J'y suis : s'asseoir tout près de quelqu'un, c'est une déformation professionnelle. De toute façon, la plupart des patients ne s'en aperçoivent pas, puisqu'ils dorment. S'il doit se faire tout petit et rester assis tout près de la tête des gens, c'est aussi, à coup sûr, pour ne pas déranger les vrais médecins pendant l'opération. Le pauvre. L'accroupissement, position typique du métier qu'il exerce.

Il a apporté un contrat que je dois signer. Il y est écrit que l'opération peut provoquer une incontinence. Je lui demande quel est le rapport avec le pipi. Avec un sourire amusé, il me répond qu'il s'agit d'incontinence fécale. Jamais entendu parler. Tout à coup, je vois le tableau : « Vous voulez dire que je ne pourrai plus contrôler mes sphincters, que je lâcherai de la crotte partout, que je devrai mettre des couches, et que je sentirai la merde en permanence ? »

L'anesthésiste fait : « Oui, mais il est rare que ça se produise. Une signature ici, s'il vous plaît. »

Je signe. Ai-je le choix ? Si ce sont les conditions de l'opération… Pas évident, tout de même, de m'opérer toute seule à la maison.

Bon sang ! Dieu qui te manifestes par ton absence, fais en sorte que ça ne m'arrive pas. Sinon, j'aurai des couches à dix-huit ans. D'habitude, c'est plutôt quand on fête son quatre-vingtième anniversaire. Dans ce cas de figure, je n'aurai vécu que quatorze ans sans couche. Pas terrible pour le look, en plus…

— Cher anesthésiste, serait-il possible, après l'opération, de voir le truc qu'ils auront retiré ? Je n'aimerais pas qu'il atterrisse tout bonnement dans la poubelle à côté des avortons et des appendices sans que j'aie pu m'en faire une idée. Je voudrais l'avoir dans la main et l'examiner.

— Si vous y tenez, bien sûr.

— Merci.

Le voilà qui m'enfonce déjà l'aiguille dans le bras et qui fixe tout avec du ruban adhésif. C'est le canal pour l'anesthésie générale qui suivra. Il dit qu'un aide-soignant va venir d'ici quelques minutes pour m'emmener au bloc. L'anesthésiste s'en va, me laisse encore nager dans ma mare.

Le coup de l'incontinence fécale, ça me travaille.

Dieu qui te manifestes par ton absence, si je m'en sors sans incontinence anale, j'arrêterai tous les trucs qui me donnent mauvaise conscience. Par exemple ce jeu où je cours partout avec ma copine Corinna, complètement bourrée, pour arracher au vol les lunettes de tous ceux qui en portent, les leur casser et les balancer au coin de la rue.

Il faut courir très vite : la fureur donne des ailes à certains, même s'ils n'ont plus de lunettes.

En fait, c'est un jeu complètement nul, parce qu'à force de s'agiter et de perdre de l'adrénaline, on finit par dessoûler. Que de fric jeté par les fenêtres : après, il faut recommencer à se bourrer la gueule.

Ce jeu, j'aimerais même bien y renoncer, parce que la nuit, je rêve assez souvent de l'expression que les délunettés ont à ce moment-là : on dirait que je leur ai arraché une partie du corps.

Donc, je pourrais m'en passer, comme d'autres trucs auxquels je vais réfléchir.

Peut-être le coup des putes, s'il le faut vraiment. Mais ce serait vraiment un gros sacrifice. J'aimerais mieux arrêter seulement le jeu des lunettes.

Ma décision est prise : je serai la meilleure patiente de tout l'hôpital. Je serai adorable avec les infirmières et les médecins débordés. Mes cochonneries, je les nettoierai toujours toute seule. Tiens, cette eau sortie de ma cloque... Sur le rebord de la fenêtre, il y a un gros carton ouvert, qui contient des gants de caoutchouc, sans doute pour les examens. Est-ce que le docteur Notz en portait quand il a défloré la cloque de mon cul ? Merde, j'm'en suis pas rendu compte. À côté des gants en caoutchouc, il y a une grosse caisse en plastique transparent, un Tupperware pour géants. Peut-être que je vais y trouver de quoi me nettoyer. Lentement, avec précaution, je tends un peu le bras sans bouger mes fesses enflammées, et parviens à toucher la caisse. Je la tire vers moi sur le lit. Aïe. En me redressant et en basculant, j'ai crispé les muscles du ventre et enfoncé un couteau dans l'inflammation. Pause. Les yeux fermés. On respire à fond. Pas question de bouger pour l'instant. Attendre que la douleur se dissipe. Je rouvre les yeux. Voilà.

Maintenant je peux ouvrir le couvercle. Passionnant. C'est plein à ras bord de serviettes hygiéniques géantes, de couches pour adultes, de slips jetables, de langes en tissu, d'alèses avec un côté en plastique et l'autre en ouate.

Il aurait mieux valu que j'aie ça sous moi quand ce Notz est entré. Le lit n'aurait pas été mouillé. Très désagréable. Il me faut deux alèses. J'en pose une face ouatée contre la mare, pour éponger. Mais être couchée sur du plastique, je n'aime pas. J'en mets une deuxième plastique contre plastique, face ouatée sur le dessus. Bien joué, Hélène, malgré ces douleurs atroces, tu es ta propre infirmière et la meilleure de toutes.

Quand on est capable de s'occuper aussi bien de soi, on ne tarde pas à se rétablir. Ici, à l'hôpital, je dois faire gaffe à l'hygiène, plus qu'en temps normal.

L'hygiène, ça me fait doucement rigoler. J'ai fini par comprendre que les filles et les garçons, on ne leur apprend pas de la même façon à se nettoyer le sexe. Ma mère a toujours accordé une grande importance à l'hygiène de ma chatte, et aucune à celle du pénis de mon frère. Il avait même le droit de pisser sans s'essuyer et de laisser le reste s'égoutter dans son slip.

La toilette de la chatte, chez nous, c'est une science sérieuse comme tout. Il paraît que c'est très difficile de la garder vraiment propre. N'importe quoi, bien sûr. Un peu d'eau, un peu de savon, frotti-frotta, et basta.

Sauf qu'il ne faut pas trop se laver, d'abord à cause de la flore du con, qui a son importance. Ensuite à cause du goût et de l'odeur, essentiels pour le sexe. Faut surtout pas les enlever. Depuis longtemps, je fais des expériences avec ma chatte pas lavée. Le but étant qu'une odeur légère et entêtante se dégage de ma culotte, même à travers un jean épais ou une combinaison de ski. Les hommes ne la perçoivent pas au niveau conscient, mais subliminal, car après tout, chacun sait que nous sommes des animaux désireux de s'accoupler. De préférence avec des êtres sentant la chatte.

C'est un bon moyen d'entamer un flirt sans pouvoir s'empêcher de sourire intérieurement, sachant ce qui remplit l'air de cette odeur appétissante et douce. Après tout, le parfum est censé avoir le même effet. On raconte à tout-va que le parfum produit une impression érotique sur autrui. Dans ce cas, pourquoi ne pas utiliser notre propre parfum, qui est bien plus efficace ? En vérité, tout le monde est excité par les odeurs de con, de queue et de sueur. Si la plupart des gens pensent que toutes les odeurs naturelles puent et que toutes les odeurs artificielles embaument, c'est dû à l'aliénation. Quand une femme qui sent le parfum à pleins tubes passe près de moi, j'ai envie de vomir. Même si c'est porté avec beaucoup de chic. Qu'a-t-elle donc à cacher ? Il y a aussi des femmes qui vaporisent leur parfum dans les toilettes publiques après avoir chié, en pensant que l'odeur va redevenir normale. Alors que moi, je sens toujours leur crotte en note de fond. Je préfère les bonnes vieilles odeurs de pisse et de merde à tous ces parfums écœurants qu'on achète.

Mais il y a pire que de parfumer les chiottes : une nouvelle invention ne cesse de se propager.

Quand on va dans des toilettes publiques, que ce soit au restaurant ou dans une gare, on ferme la porte derrière soi après être entré, et là, une douche vous tombe dessus. La première fois, ça m'a terrifiée. J'ai cru que quelqu'un, dans le cabinet voisin, m'avait balancé de l'eau pardessus la cloison. Mais en levant les yeux, j'ai constaté qu'on avait installé un diffuseur de parfum en haut de la porte, de façon tout aussi officielle que délibérée, pour déverser sur le visiteur innocent un désodorisant de la pire espèce dès la fermeture de la porte. On s'en prend sur les cheveux, les vêtements et le visage. Eh bien, si ce n'est pas le summum du viol perpétré par les fanatiques de l'hygiène, je ne m'y connais pas.

Mon smegma, je l'utilise comme d'autres le parfum de leurs flacons. Je m'enfonce vite le doigt dans la chatte, et je mets un peu de sécrétion derrière le lobe de l'oreille en tapotant : ça fait des miracles dès le premier petit baiser, quand on se rencontre. Ma mère avait une autre règle : une chatte est beaucoup plus sujette à la maladie qu'un pénis, et attrape bien plus facilement des champignons, des muguets et autres cochonneries. Par voie de conséquence, les filles ne doivent jamais s'asseoir sur les toilettes chez les autres, ni dans les lieux publics. On m'a appris à faire pipi en suspens, en position accroupie quoique surélevée, sans même effleurer le mobilier du pipi-room, qui est franchement beurk. J'ai déjà constaté, à propos de bien des choses apprises, qu'elles étaient totalement dénuées de fondement.

Je me suis donc mise en devoir de réaliser moi-même une expérience *in vivo* sur ma chatte. Moi, ça m'amuse énormément de m'asseoir systématiquement sur toutes les toilettes crasseuses et de m'en donner à cœur joie. D'ailleurs, avant de m'installer, je nettoie tout le pourtour avec ma minette, d'une habile rotation des hanches. Quand je pose ma chatte sur la lunette, j'entends un joli bruit de baiser mouillé, et j'absorbe tout ce que les autres ont laissé, que ce soient des poils, des taches ou des flaques de couleurs et de consistances diverses. Quatre ans de pratique sur toutes les toilettes, de préférence dans les relais d'autoroute où il n'y a qu'un seul W.-C. pour les hommes et les femmes. Et je n'ai jamais eu le moindre champignon. Mon gynécologue, le docteur Brökert, peut vous le confirmer.

Et pourtant, il m'est arrivé de croire que j'étais malade de la chatte. Chaque fois que, sur les toilettes, je relâchais les sphincters pour pisser, je remarquais ensuite en regardant vers le bas – ce que j'adore faire – qu'il y avait dans l'eau une grosse cloche de sécrétions blanches et molles, jolies comme tout. Et qui, comme du champagne, faisaient remonter des bulles et des stries.

Je dois ajouter que je mouille du matin au soir, et que je pourrais changer de culotte plusieurs fois par jour. Mais je n'en fais rien, vu que j'aime les collections. Bon, je continue l'histoire de la cloche. Fallait-il penser que j'avais finalement été malade tout le temps, et que ma glu glissante n'était que la conséquence d'un champignon envahissant dû à mes expériences aux chiottes ?

Mon gynéco m'a tranquillisée : il s'agissait d'une sorte de mucosité de la muqueuse, saine et très active. Enfin s'il ne l'a pas dit, il l'a pensé.

J'ai des contacts très étroits avec mes humeurs corporelles. Par exemple, j'ai toujours été très fière, quand les garçons me pelotaient, d'avoir la chatte en eau. Rien qu'en approchant un instant de mes grandes lèvres, le doigt filait à l'intérieur sur un toboggan aquatique.

Pendant les préliminaires, j'avais un copain qui n'arrêtait pas de fredonner « By the Rivers of Babylon ». Maintenant, je pourrais en faire le commerce et remplir de petites fioles pour les femmes souffrant de sécheresse vaginale. Les vraies sécrétions sont quand même beaucoup mieux que tous ces lubrifiants artificiels. D'autant qu'elles sentent la chatte ! Mais peut-être que ça ne marcherait qu'avec des femmes qui vous connaissent, allez savoir si une inconnue ne serait pas dégoûtée par les sécrétions d'une autre inconnue ? Ce serait tout de même une expérience à tenter, par exemple avec une amie un peu sèche.

J'adore manger et sentir ce smegma, et je m'occupe depuis toujours des replis de ma chatte. C'est fou, tout ce qu'on peut y trouver. J'ai le poil long, enfin sur la tête, et il arrive qu'un cheveu tombe et s'égare entre les grandes lèvres. C'est passionnant de tirer tout doucement sur le cheveu pour sentir tous les endroits où il s'est emberlificoté. Je m'énerve à chaque fois que cette sensation se dissipe, et j'aimerais avoir les cheveux encore plus longs pour en profiter davantage.

Ce bonheur est bien rare, comme un autre truc dont je raffole. Quand je suis seule dans ma baignoire et que j'ai envie de péter, j'essaie de diriger les bulles d'air entre mes grandes lèvres – ça ne marche qu'exceptionnellement, c'est encore plus rare que le passage d'un cheveu à cet endroit, mais quand j'y arrive, les bulles d'air donnent la sensation de petites boules dures qui se fraient un chemin entre mes lèvres chaudes et moelleuses. Quand j'y parviens, mettons une fois par mois, j'ai tout le bas-ventre qui me démange et la chatte en feu : je dois la racler avec mes ongles longs jusqu'à la jouissance. Rien de tel que de se gratter jusqu'au sang pour apaiser ces démangeaisons. Je me gratte bien fort et dans tous les sens entre mes petites lèvres, que j'appelle crêtes de coq, et mes grandes lèvres, baptisées croissants de lune, et à un moment donné, je repousse les crêtes vers la droite et la gauche pour calmer la démangeaison juste au centre. J'écarte les jambes à fond, à en faire craquer les articulations de la hanche, afin que l'eau chaude entre à flots dans l'orifice. Juste avant de jouir, je me pince le clitoris, la truffe perlée, comme je dis, et là, c'est le comble de la luxure. Et la marche à suivre, eh oui.

Revenons-en au smegma. J'en ai vérifié le sens exact dans le dictionnaire. Un jour, Corinna, ma meilleure amie, m'a dit que seuls les hommes en ont.

« Mais alors, qu'est-ce que j'ai tout le temps entre les lèvres et dans ma culotte ? » ai-je pensé sans oser le dire.

Dans le dictionnaire, il y avait une longue explication sur le smegma. Qui porte le même nom pour les femmes, na. Mais aujourd'hui encore, une phrase me reste en travers de la gorge : « Si l'on a une hygiène intime approximative, il peut se former des accumulations de smegma visibles à l'œil nu. »

Pardon ? Voilà qui est d'une impertinence crasse. En fin de journée, je discerne toujours à l'œil nu des accumulations de smegma même si j'ai parfaitement nettoyé les replis de ma chatte à l'eau savonneuse.

Mais qu'est-ce qu'ils veulent dire, ceux-là ? Qu'on doit se laver plusieurs fois par jour ? C'est tout de même bien d'avoir une chatte glissante, et très utile dans certaines circonstances. L'« hygiène intime approximative » est un concept extensif. La chatte aussi. Bon.

Je prends une couche pour adultes dans la caisse en plastique transparent. Zut alors, c'est énorme… Un gros rectangle de ouate au milieu, et quatre ailes de plastique fin pour l'attacher à la taille. Sûr que cette couche va aussi à des croulants obèses, vu sa dimension. Je n'en aurai pas besoin de sitôt, merci bien. On frappe à la porte.

Entre un infirmier souriant, à la coiffure de cacatoès.

— Bonjour, mademoiselle. Je m'appelle Robin. Je vois que vous vous familiarisez avec le matériel que vous utiliserez prochainement. Vous allez subir une opération de l'anus, un endroit très peu hygiénique, et même le moins hygiénique de tout le corps. Avec ce qu'il y a dans la caisse, vous pourrez soigner votre cicatrice toute seule, après l'opération. Ce qu'on vous conseille, c'est de laver la plaie avec la douchette au moins une fois par jour, en écartant bien les jambes. De préférence en faisant pénétrer quelques giclées à l'intérieur. Avec un peu d'entraînement, on y arrive très bien. Nettoyer la cicatrice avec de l'eau fait nettement moins mal que de l'essuyer. Après la douche, il suffit de tamponner soigneusement avec une serviette. Tenez, voici un calmant, vous pouvez le prendre dès maintenant, le passage à l'anesthésie générale n'en sera que plus doux. C'est parti pour cette joyeuse expédition !

Ces informations ne me posent aucun problème. Les douchettes, ça me connaît. Et je sais parfaitement comment prendre quelques giclées à l'intérieur. Pendant que Robin pousse mon lit roulant dans les couloirs et que je vois des tubes de néon filer au-dessus de ma tête, je me pose discrètement la main sur le mont de Vénus, sous la couverture, afin de me calmer avant l'opération. Pour oublier ma peur, je repense à la manière dont, toute jeune, j'ai commencé à m'exciter à l'aide de la douchette.

Je commençais par diriger le jet d'eau vers ma chatte, avant de relever les croissants de lune pour atteindre les crêtes de coq et la truffe perlée. Plus le jet était puissant, mieux c'était. Il fallait que ça titille bien. Ce faisant, il arrivait qu'un jet d'eau me rentre en plein dans la chatte. Je n'ai pas tardé à me rendre compte que c'était mon truc, de laisser l'eau me remplir à fond et, tout aussi excitant, ressortir complètement.

Pour ça, je m'assieds toujours en tailleur dans la douche, légèrement cambrée et penchée en arrière. Puis je me tripote les grandes lèvres pour les écarter comme il se doit, et j'enfonce la grosse douchette tout doucement, avec précaution. Pas besoin de Pjur, car à la seule idée que je vais m'envoyer en l'air, je produis d'énormes quantités de sécrétions qui sont bien utiles. Le Pjur est le meilleur lubrifiant : il ne sèche pas, et son parfum est neutre. Je déteste les gels lubrifiants parfumés. Donc, une fois la douchette bien rentrée, ce qui prend pas mal de temps vu que je dois m'ouvrir toute grande, je la tourne pour orienter les buses vers le haut, en direction du col de l'utérus, ou de sa bouche, ou de son œil, bref vers l'endroit où un homme à longue queue vient battre en douceur, dans certaines positions. Là, j'ouvre le robinet au maximum, les mains croisées derrière la nuque – j'ai les mains libres, la douchette étant maintenue par ma chatte – et je ferme les yeux en fredonnant « Amazing Grace ».

Après avoir senti les effets de quatre litres, je ferme le robinet et je retire soigneusement la douchette pour perdre aussi peu d'eau que possible. Il faut que j'en garde pour la faire gicler à la fin. Avec la douchette, je tapote mes croissants de lune tout gonflés à force d'avoir été écartés, et ce jusqu'à ce que je jouisse.

Ce qui me prend très peu de temps, pourvu que je ne sois pas dérangée. J'y arrive en quelques secondes, grâce à l'impression d'être remplie à ras bord. Après l'orgasme, je me palpe fermement le bas-ventre d'une main en m'enfonçant dans la chatte tous les doigts de l'autre, bien écartés pour en faire jaillir l'eau qui y était rentrée. La plupart du temps, cet écoulement me fait jouir encore une fois. Réussir à se satisfaire est une belle chose. Après une telle biture, je fourre plusieurs couches de papier hygiénique dans ma culotte. Même des heures plus tard, une giclée d'eau pourrait ressortir brusquement à chaque mouvement et mes fringues auraient l'air d'avoir des taches de pipi. Autant éviter.

Le bidet est une autre installation sanitaire parfaitement adéquate à ce genre de manipulation. Ma mère m'en a toujours suggéré l'emploi pour me rafraîchir vite fait après les rapports sexuels. Or pourquoi le faire ?

Quand je baise avec quelqu'un, j'arbore fièrement son sperme dans tous les interstices de mon corps, sur les cuisses, le ventre ou les autres endroits qu'il a aspergés. Pourquoi y aurait-il ensuite, à tous les coups, cette toilette de dingue ? Si l'on est dégoûté par les queues, le sperme ou le smegma, autant renoncer carrément au sexe.

J'aime voir le sperme sécher sur la peau et former une croûte qui s'écaille. Chaque fois que je branle un mec, je fais en sorte de garder un peu de son sperme dans les mains. Je le gratte du bout des ongles, et je le laisse durcir dessous pour le grignoter plus tard, le promener dans ma bouche, le mâchonner et l'avaler après l'avoir longuement savouré et laissé fondre. C'est une invention dont je tire vanité : le « caramel souvenir sexuel ».

Il en va bien sûr de même du sperme déposé dans ma chatte : pas question de l'éliminer dans le bidet ! Il faut au contraire le porter fièrement, par exemple au lycée. Des heures après un rapport, j'ai toujours la petite surprise d'un peu de sperme chaud qui me sort de la chatte. J'ai beau être en classe, mes pensées sont juste à l'endroit de cet écoulement. Je patauge dans une mare de sperme chaud pendant que le prof, en face de moi, parle des preuves de l'existence de Dieu. Le lycée en devient plus que supportable. Je suis toujours ravie de cette alliance de fluides dans mon entrecuisse, et j'envoie aussitôt un SMS à son auteur : « ton sperme chaud vient de ressortir de moi, merci ! »

Je repense au bidet. Je voudrais imaginer que je m'en sers pour me remplir à fond, mais je n'en ai plus le temps. Nous voici dans l'antichambre de la salle d'opération. J'y réfléchirai plus tard. Mon anesthésiste nous attend déjà. Il attache un flacon au canal que j'ai au bras, l'accroche de travers à une tige roulante et me demande de compter.

Robin, le gentil infirmier, me souhaite bonne chance et s'en va. Un, deux…

Je reprends conscience en salle de réveil. Après une anesthésie générale, on a toujours un comportement de cinglé. C'est pour ménager les proches du patient qu'on a, je crois, inventé les salles de réveil.

Je suis réveillée par mes propres bafouillages. Qu'est-ce que j'ai dit ? Je ne sais pas. Mon corps est parcouru de frissons. Mon cerveau se met à ruminer au ralenti. Qu'est-ce que je fais ici ? Il m'est arrivé quelque chose ? Bien que seule dans la pièce, j'ai envie de sourire, histoire de dissimuler mon désarroi. Le sourire me meurtrit les commissures des lèvres, qui sont trop sèches. Mon trou du cul, voilà pourquoi je suis ici ! Il était déchiré, lui aussi. Je mets la main à mon popotin et sens une grande compresse de gaze tendue sur les deux fesses, par-dessus une grosse boule. Oh là, pourvu que cette boule ne fasse pas partie de mon corps. Elle partira sans doute quand on m'enlèvera le pansement. Je porte cette blouse qui ne ressemble à rien, sauf à un bavoir. C'est ce qui les branche dans les hôpitaux.

Cette blouse a des manches, et de face, on a l'air d'un ange de Noël ; mais de dos, il n'y a pas un traître bout de tissu, à part la petite attache de la nuque. À quoi bon ce vêtement, d'ailleurs ? Bon, d'accord, quand on est couché, ils peuvent vous l'enfiler sans vous soulever. Mais pendant l'opération, j'étais plutôt sur le ventre pour qu'ils aient accès à mon cul. Est-ce à dire que j'ai été nue pendant toute l'opération ? C'est grave, à mon avis : ils doivent faire des commentaires sur votre physique, j'en suis sûre et certaine ! Sous anesthésie, on doit enregistrer ça dans le subconscient ; du coup, un beau jour, on devient dingue et personne ne comprend pourquoi.

Cette sensation de courant d'air en bas du corps m'est familière à cause d'un cauchemar récurrent qui remonte à mon enfance. École primaire. Je suis à l'arrêt, j'attends le car du ramassage scolaire. Moi qui oubliais souvent de retirer mon pantalon de pyjama avant d'enfiler mon jean, ce jour-là, j'ai oublié de mettre une culotte sous ma jupe. Une enfant ne s'en rend pas compte à la maison, mais devant tout le monde, plutôt mourir que d'être découverte les fesses à l'air sous sa jupe. Et ce, juste au moment où tous les garçons jouaient avec nous à « enlève ton couvercle, l'eau bout ».

Robin entre dans la salle. Il me dit avec précaution que tout s'est bien passé. Il roule mon énorme lit dans des ascenseurs et des couloirs et, pour ouvrir les portes, appuie comme un malade sur un buzzer de show télévisé. Ah, Robin ! Grâce aux effets de l'anesthésie, j'ai l'impression de planer. Je profite de ce moment pour m'instruire quant à mon trou du cul. C'est bizarre que Robin en sache plus long que moi sur le sujet. Il tient ce fameux tableau qui s'accroche, et dessus, il y a tout sur mes fesses et moi. D'humeur badine, je débite plein de blagues sur les opérations du popotin. Selon Robin, si je suis tellement gaie et détendue, c'est à cause de l'anesthésie. Il gare mon lit dans ma chambre et me dit qu'il aimerait bien bavarder avec moi pendant des heures, mais qu'il a encore d'autres patients dont il doit s'occuper. Dommage.

— Si vous voulez des analgésiques, il suffit de sonner.

— Où sont la jupe et la culotte que je portais avant l'opération ?

Il va au pied du lit et relève la couverture. Voici la jupe, impeccablement pliée, et la culotte posée dessus.

Je me retrouve dans la situation que Maman redoute tant : la culotte est pliée avec l'entrejambe vers le haut. Sur l'endroit, bien sûr, pas sur l'envers. Et malgré tout, je vois une tache de jus de con, désormais sèche, dont la lueur traverse doucement le tissu. Maman trouve que l'essentiel pour une femme hospitalisée est d'avoir des sous-vêtements propres. Et son grand argument en faveur du linge impeccable est que, si on se fait écraser, ils vous déshabillent à l'hôpital. Ils vous enlèvent même vos sous-vêtements. Et là, malheur, quand ils voient que la chatte a laissé comme d'ordinaire une trace visqueuse, alors... Alors quoi ?

Maman doit être en train d'imaginer tous les ragots qui circulent dans l'hôpital, comme quoi Mlle Memel est une salope et une souillon. L'extérieur, c'est tout beau, mais l'intérieur...

La dernière pensée de ma mère avant sa mort serait, sur le lieu de l'accident : ma culotte, je la porte depuis combien d'heures ? A-t-elle déjà des traces ?

Car le premier geste des médecins et des infirmiers face à la victime ensanglantée d'un accident est, avant toute réanimation, de jeter un petit coup d'œil à la culotte sanguinolente, afin de savoir à qui ils ont affaire.

Au mur, derrière moi, Robin me montre un cordon au bout d'une sonnette, le pose près de ma tête sur l'oreiller et s'en va. Je n'en aurai sûrement pas besoin.

Je regarde autour de moi : tous les murs de ma chambre sont peints en vert clair, si clair qu'il en est presque imperceptible. Ce vert est censé calmer les gens ou leur donner de l'espoir.

À gauche de mon lit, un petit placard à vêtements est encastré dans le mur. Je n'ai encore rien à y mettre, mais on m'apportera sûrement bientôt des affaires. Derrière, on passe dans une autre pièce, sans doute la salle de bains, ou plutôt la salle de douche.

À mon chevet, également sur la gauche, il y a une petite table métallique sur roulettes, avec un tiroir. Très haute, afin qu'on puisse l'atteindre facilement depuis un lit élevé.

À ma droite, une grande baie vitrée garnie de voilages blancs dont l'ourlet comporte une bande plombée pour bien les tendre vers le bas. Ils doivent toujours avoir l'air impeccables, raides comme du béton. Pas question de voleter quand la fenêtre est ouverte. Sur le rebord se trouvent la caisse contenant mes couches et un carton avec cent gants de caoutchouc. C'est écrit dessus. Il y en a peut-être un peu moins, depuis le temps.

Au mur, en face de moi, un poster encadré : on voit les petites pinces de métal qui maintiennent le verre. La photo représente une allée plantée d'arbres surmontée de grandes lettres jaunes : « Que Dieu soit avec toi. » Où ça, en balade ?

Un petit crucifix est accroché au-dessus de la porte. Quelqu'un y a coincé un rameau. Pour quoi faire ? C'est toujours cette même plante aux minuscules feuilles bombées, vert foncé, d'une brillance presque artificielle. Ce rameau a beau être naturel, on dirait du plastique. Il doit provenir d'une haie quelconque.

Pourquoi mettent-ils un bout de haie derrière leur crucifix ? Il faut virer ce poster et cette croix. Je forcerai Maman à les décrocher. Je me fais déjà une joie de la discussion. Maman est catholique pratiquante. J'allais oublier la télé accrochée là-haut, moi qui n'ai pas encore levé les yeux. Dans son cadre métallique, elle est penchée en avant, à croire qu'elle pourrait me tomber dessus à tout moment. Je demanderai à Robin s'il peut la secouer un bon coup, juste pour m'assurer qu'elle tient bien en place. Si j'ai une télé, il y a sans doute aussi une télécommande, ou bien faut-il que quelqu'un l'allume et l'éteigne à ma place ? Peut-être dans le tiroir ? Je l'ouvre en faisant attention à mes fesses. Fais gaffe, Hélène, pas de conneries.

La télécommande est dans un compartiment en plastique du tiroir. Tout va bien. Sauf que l'anesthésie fout le camp. Faut-il déjà sonner pour avoir des analgésiques ?

Si ça se trouve, ce ne sera pas trop pénible. C'est ça, je vais encore attendre un peu pour voir les sensations que j'ai. Je vais réfléchir à d'autres choses, par exemple à la dernière licorne. Raté. Je serre déjà les dents, ne pensant qu'à mon cul meurtri ; tout en moi se crispe, surtout les épaules. La bonne humeur ne tarde pas à disparaître. Robin avait raison. Mais je ne veux pas qu'on me prenne pour une douillette, moi qui viens de faire la grande gueule avec lui. Je vais tenir le coup encore un peu. Je ferme les yeux. Une main repose doucement sur les fesses et leur gaze scotchée, l'autre est sur la sonnette. Je suis vautrée, et la douleur s'intensifie à mesure que l'anesthésie se dissipe. La plaie me brûle par à-coups. Mes muscles se crispent de plus en plus. Les intervalles diminuent entre chaque saccade.

Je sonne, j'attends. Une éternité. Je commence à paniquer. La douleur augmente, ainsi que les élancements, j'ai un couteau qui s'enfonce dans le sphincter. Ils ont dû le tendre à fond, le sphincter, c'est sûr. Sinon, comment rentrer là-dedans ? Par le haut ? Ouille, ces grandes mains d'hommes qui s'enfoncent dans mon gros intestin en manipulant le bistouri, l'écarteur, le fil de suture. La douleur n'est pas juste dans la plaie, elle irradie tout autour d'un sphincter distendu.

Le voilà enfin.

— Robin ?

— Oui ?

— Pendant l'opération, est-ce qu'ils écartent le trou du cul très fort pour y faire entrer plusieurs mains ?

— Malheureusement, oui. C'est surtout de là que vient la douleur, dès que l'anesthésie se dissipe.

Sans blague, elle se dissipe ? J'ai déjà besoin d'analgésiques. À l'idée de souffrir jusqu'à ce que les médicaments entrent en action, je me mets à avoir un malaise. Une fois de plus, j'ai enduré la douleur trop longtemps, et il va falloir attendre une éternité la fin de cette merde-là. À moi d'apprendre à reconnaître plus vite que j'ai mal : je vais devenir une patiente qui préfère sonner à temps pour réclamer des calmants plutôt que d'avoir à supporter ces minutes précédant leur effet. De toute façon, ici on ne décore pas les soldats endurants, Hélène. Ça me troue littéralement le cul.

Au toucher, on dirait que l'orifice est aussi large que les fesses ; il ne reviendra jamais à la normale. Je crois qu'ils ont fait exprès de me torturer pendant l'opération.

J'ai déjà été hospitalisée, il y a quelques années. À cause du plus grand show de ma vie de menteuse. J'avais deux de moyenne en français. Et le lendemain, contrôle de français. Je n'avais pas révisé ; d'ailleurs je n'étais pas allée en cours depuis un certain temps. À la dernière interro, je m'étais déjà fait porter pâle. J'avais simulé une migraine pour que Maman me fasse un mot d'excuse. Mais cette fois, il fallait sortir le grand jeu. Gagner du temps pour réviser, voilà tout.

Avec une absence justifiée, on pouvait faire l'interro plus tard. Le matin, je me mets donc à expliquer à Maman que j'ai un élancement dans le ventre, à gauche, de plus en plus pénible. Maman s'affole tout de suite, sachant qu'un élancement à cet endroit, c'est l'appendicite. Même si l'appendice est à droite, comme je le sais. Je me mets à me tordre de douleur. Elle m'emmène *illico* chez le pédiatre. Je vais toujours chez lui, puisqu'il est à deux pas de chez nous. Il m'installe sur la table d'examen et me palpe le ventre. Quand il appuie à gauche, je pousse des cris et des gémissements. Quand c'est à droite, je reste tranquille.

— Aucun doute, c'est une appendicite aiguë. Il faut l'emmener tout de suite à l'hôpital, il est trop tard pour rentrer chez vous et prendre des affaires pour la nuit ; vous les lui apporterez plus tard. Votre enfant doit être hospitalisée. Si l'appendice éclate, tout le corps est infecté, et il faudra lui nettoyer tout le sang.

Tu parles d'une enfant, ai-je pensé.

Direction l'hôpital. Celui-ci. Une fois arrivée, je refais le même show. Gauche, droite, la réaction voulue. Comme un jeu d'enfant, avec des touches sur lesquelles on appuie. Opération d'urgence. Ils m'ouvrent le ventre et trouvent un appendice qui n'est ni gonflé, ni enflammé. Ils le retirent quand même. Après tout, on n'en a pas besoin. Et s'ils recousaient en le laissant dedans, on risquerait de revenir bientôt avec une inflammation bien réelle. Un sacré culot : ce n'est pas à moi qu'ils l'ont dit, mais à ma mère, après l'opération.

Ensuite, chaque fois qu'elle me prenait en flagrant délit de mensonge, elle faisait :

— Comment veux-tu que je te croie, toi qui as menti à ta mère et à tous les médecins pour sécher une interro de français ! L'appendice qu'on t'a enlevé était parfaitement sain.

— Comment le sais-tu ?

— Les mères savent tout. Les médecins me l'ont dit dans le couloir. Ils n'avaient jamais vu ça. Maintenant, je sais à quel point tu peux mentir.

Quant à moi, je sais au moins que j'en suis débarrassée, de cet appendice. Avant d'en avoir parlé avec ma mère, je me disais toujours que les médecins avaient dû s'apercevoir qu'il n'était pas enflammé et le laisser à l'intérieur. Pendant longtemps, j'ai eu peur d'avoir une appendicite pour de bon. Et que raconter en pareil cas, quand on est censée l'avoir déjà eue ? J'en avais désormais le cœur net. Bon à savoir. Toutes ces heures de soucis inutiles… Après une appendicite, c'est atrocement douloureux, pendant un certain temps, de rire, de marcher, de rester debout *et cætera*, parce qu'on a l'impression que la suture va s'ouvrir. Je me tenais penchée ou recroquevillée, comme maintenant avec mon mal aux fesses. Les médecins auraient-ils retenu mon nom ? Avais-je fait sensation, à l'époque, en supportant la douleur d'une opération pour que mon prof de français l'ait dans le cul ? Est-ce que les médecins, pendant cette nouvelle opération, m'ont méchamment charcutée (« zut, j'ai coupé de travers ») pour se venger de mon canular ? Est-ce la souffrance qui me rend parano, ou les médicaments ? Que m'arrive-t-il au juste ? J'ai tellement mal. Robin, apporte-moi ces comprimés !

Le voilà ! Il m'en donne deux en m'expliquant je ne sais quoi. Je n'écoute pas, pliée en deux par des soubresauts de douleur. J'avale les deux d'un seul coup, il faut qu'ils agissent vite, maintenant. Pour me calmer, je me touche encore le mont de Vénus, comme quand j'étais petite. Sauf que je ne savais pas comment ça s'appelait.

Pour moi, c'est l'endroit le plus important de tout mon corps. Quelle douce chaleur. Et juste à la hauteur de ma main. Mon centre. Je glisse ma main dans ma culotte et me caresse un peu. Rien de mieux pour s'endormir.

Je me love comme un écureuil autour de ce mont de Vénus, et juste avant de m'endormir, j'imagine un étron qui me pend entre les fesses. C'est exactement la sensation que donne le tampon de gaze. Je rêve que je me promène au-dessus d'un immense champ de carottes sauvages. Au loin, j'aperçois un homme qui fait de la marche nordique. Tout à fait nordique, ce type avec ses bâtons. Je me dis : regarde Hélène, un homme à quatre jambes.

Il s'approche, et je vois sa grande queue qui pend hors d'un caleçon en stretch aérodynamique. Là, je pense : ah non, il en a cinq.

Il passe près de moi et je le suis des yeux. À ma grande joie, je remarque qu'il a baissé son caleçon et que derrière, un caca boudin lui sort du cul. Encore plus long que sa queue. Je me dis : wouah, six ! À mon réveil, j'ai soif et mal. La main que j'avais sur le mont de Vénus fait un tour derrière pour tâter la plaie. Je veux voir ce qu'ils ont fabriqué. Comment m'y prendre ? J'arrive tout juste à me regarder la chatte en me contorsionnant à fond. Le cul, rien à faire. Un miroir ? Non, un appareil photo ! Faut que Maman me l'apporte.

Au fait, elle ne voulait pas venir à mon réveil ? Messagerie.

« C'est moi. Si tu viens, est-ce que tu peux m'apporter l'appareil photo ? Je voudrais aussi que tu égouttes les noyaux que j'ai fait germer dans ma chambre et que tu me les emballes soigneusement dans du papier pour ne pas casser les racines. Apporte-moi aussi les verres vides, s'il te plaît. Sans te faire repérer à l'entrée. Ici, tout est interdit sauf les fleurs coupées, O.K. ? Merci, à bientôt. Ah oui, il me faudrait aussi une trentaine de cure-dents. Je te remercie. »

Je fais pousser des avocats. C'est mon seul passe-temps, avec la baise. Quand j'étais petite, mes fruits préférés – ou faut-il parler de légumes ? – étaient les avocats. Je les coupais par le milieu et je mettais dans le trou un bon tas de mayonnaise en saupoudrant généreusement de paprika fort. Après le repas, je jouais avec ces gros noyaux. Maman disait toujours : les enfants n'ont pas besoin de jouets, une tomate moisie ou un noyau d'avocat font bien l'affaire.

Au début, le noyau est encore tout glissant et visqueux, à cause de l'huile d'avocat. J'en enduis le dessus de mes mains en remontant vers les bras. Je répartis bien cette sécrétion. Ensuite, le noyau doit sécher.

Sur un radiateur, cela ne prend que quelques jours. Quand tout le liquide est parti, je me passe le noyau mou et brun foncé sur les lèvres, au cas où elles seraient sèches elles aussi ; ce contact est si doux que je continue quelques minutes, les yeux fermés. Autrefois, dans la salle de sport, je passais aussi mes lèvres sèches sur le cheval-d'arçons au revêtement de cuir gras et mou, jusqu'à ce qu'on vienne me déranger : « Hélène, mais qu'est-ce que tu fais ? Arrête ! »

Ou c'étaient les autres enfants qui se moquaient de moi. Du coup, on réserve ce geste pour les rares moments où l'on a le droit de rester toute seule dans la salle. Ce cuir était presque aussi doux que mes croissants de lune rasés de frais.

Il faut enlever la peau brune qui recouvre le noyau. Pour ce faire, je passe l'ongle du pouce entre le noyau et son enveloppe qui se détache peu à peu. Mais gare aux petits fragments d'écorce qui se coincent sous l'ongle : c'est très douloureux et difficile à enlever, même à l'aide d'une aiguille ou d'une pince à épiler. Trifouiller sous l'ongle avec des objets pointus fait encore plus mal que d'y enfoncer des éclats d'écorce, et on se retrouve avec de vilaines taches de sang qui ne restent malheureusement pas rouges mais brunissent. Il faut patienter longtemps pour qu'elles soient éliminées par la croissance de l'ongle, qui ressemble à une couche de glace sur un lac gelé où une branche au joli tracé serait prise. Quand toute l'écorce a été retirée, le noyau apparaît avec la belle teinte qu'il a vraiment, jaune vif, parfois même rose pâle.

Je donne alors un bon coup de marteau dessus, pas trop fort pour ne pas le casser. Ensuite, je le place quelques heures au congélateur pour qu'il se croie en hiver. Quand l'hiver a assez duré, je lui enfonce trois cure-dents. Je le mets dans un verre d'eau, et les cure-dents le maintiennent à la surface, juste à la bonne hauteur.

Un noyau d'avocat ressemble à un œuf, avec une extrémité bombée et une en pointe. En haut, c'est la partie arrondie qui doit émerger. Un tiers à l'air, deux tiers dans l'eau. Le noyau reste ainsi pendant plusieurs mois.

Dans le liquide, il se forme une couche de moisissure visqueuse que je trouve très tentante. Je sors quelquefois le noyau du verre d'eau et je l'introduis en moi. Je l'appelle mon « biogode ». Il va de soi que je ne prends que des avocats bio pour mes noyaux de départ, ce qui m'évite de me retrouver avec des arbustes toxiques.

Il est toutefois indispensable de retirer les cure-dents avant l'intromission. Grâce aux muscles de mon vagin qui sont bien entraînés, je parviens ensuite à évacuer le noyau. Il suffit alors de le remettre dans l'eau sur ses cure-dents et d'attendre.

Au bout de quelques mois, la partie bombée laisse apparaître une fissure qui s'élargit pour former une grosse fente qui entaille le noyau. On dirait qu'il va se casser en deux. Et soudain, on aperçoit une belle racine blanche qui sort par-dessous et pousse en vrille dans le verre, faute de place. Une fois que cette racine a atteint une certaine longueur, si l'on observe de près la fente de la partie supérieure, on distingue une minuscule tige verte en début de croissance : il est temps de planter le noyau dans un pot, avec du terreau pour semis. Un vrai tronc ne tarde pas à y pousser, garni de grandes feuilles vertes.

Pour moi, rien n'est plus proche de l'accouchement. Je me suis occupée de ce noyau pendant des mois. Je l'ai eu en moi avant de l'expulser. Et je m'occupe impeccablement de tous les avocatiers qui ont ainsi vu le jour.

J'ai toujours voulu pour de bon avoir un enfant. Mais dans notre famille, il y a un schéma récurrent : mon arrière-grand-mère, ma grand-mère, ma mère et moi sommes toutes des aînées, des filles aux nerfs fragiles, perturbées, malheureuses. Alors ce cycle, je l'ai rompu : cette année, j'ai eu dix-huit ans, et grâce à de longues économies, je me suis fait stériliser. Depuis, le refrain de Maman : « Tu paries combien que ton premier enfant sera une fille ? » est presque inoffensif, car je ne peux plus avoir que des avocatiers. À chaque nouvel arbre, il faut attendre vingt-cinq ans pour le voir porter des fruits à son tour. C'est à peu près ce qu'il faut attendre, quand on est mère, pour devenir grand-mère de nos jours.

Le temps de songer avec bonheur à ma famille d'avocats, la douleur s'est évanouie. Quand elle arrive, on ne peut pas la rater ; et quand elle s'en va, on ne s'en rend pas compte. Mais là, je constate qu'elle s'est bel et bien volatilisée. J'adore les médicaments, et je m'imagine comment ç'aurait été de naître à une autre époque, sans tous ces bons remèdes. Affranchie de la douleur, ma tête a de la place pour le reste. Je respire à fond plusieurs fois et m'endors exténuée. Quand je rouvre les yeux, Maman est penchée au-dessus de moi.

— Mais qu'est-ce que tu fais ?

— Je te borde, tu es complètement dénudée.

— Laisse ça, la couverture est trop lourde pour la plaie que j'ai aux fesses, Maman. J'ai mal. Peu importe à quoi ça ressemble. Tu ne crois pas qu'ils en ont vu de toutes les couleurs, ceux qui travaillent ici ?

— Alors reste comme ça, Seigneur Dieu.

Le grand mot est lâché.

— Peux-tu décrocher le crucifix qui est au-dessus de la porte ? Il m'incommode.

— Non, ce n'est pas possible, Hélène, cesse donc de dire des bêtises.

— Eh bien, si tu ne m'aides pas, je vais devoir me lever et le faire moi-même.

Je mets une jambe hors du lit, fais mine de me lever, et gémis de douleur.

— Bon, ça va, je vais le faire. Reste couchée, s'il te plaît.

Gagné.

Pour atteindre le crucifix, elle va avoir besoin de la seule chaise qu'il y ait dans la chambre. Tout en grimpant dessus, elle me pose des questions d'une voix exagérément aimable et dégagée. Elle me fait de la peine, mais maintenant, il est trop tard.

— Depuis quand as-tu ces trucs-là ?

De quoi veut-elle parler ? Ah oui, des hémorroïdes.

— Depuis toujours.

— Mais tu n'en avais pas, à l'époque où je te donnais ton bain.

— Faut croire que j'avais passé cet âge-là, au moment où j'en ai eu.

Elle descend de la chaise, le crucifix à la main, et me regarde d'un air interrogateur.

— Mets-le dans le tiroir !

Je montre la table de chevet en métal.

— Tu sais, Maman, les hémorroïdes, c'est héréditaire. La question est plutôt de savoir de qui je tiens ça.

Elle referme le tiroir assez fort.

— De ton père. Et l'opération, c'était comment ?

En cours de pédago-psycho-sociologie, on nous a appris que les parents divorcés tentent toujours de se concilier les bonnes grâces de leur enfant. Un parent dit toujours du mal de l'autre devant les enfants.

Mais ce que chacun d'eux oublie, ce faisant, c'est qu'il blesse toujours une moitié de leur enfant, si tant est que l'on puisse affirmer qu'un enfant est moitié sa mère, moitié son père.

Les enfants dont la mère critique toujours le père se vengent d'elle à un moment donné. Tout vous revient comme un boomerang.

Cette mère qui, année après année, a essayé de s'attirer les bonnes grâces de l'enfant, a obtenu exactement le résultat inverse : elle a amené l'enfant à se rapprocher de son père.

Notre professeur de pédago-psycho-sociologie a raison.

— Aucune idée, je n'y ai pas assisté, c'était sous anesthésie générale. Tout s'est bien passé, d'après eux. J'ai mal. Tu m'as apporté mes noyaux ?

— Oui, les voilà.

Elle désigne le rebord de fenêtre. Tout près de la caisse à couches, il y a une boîte avec mes noyaux chéris. Très bien. Je pourrai même l'atteindre toute seule.

— Et l'appareil photo, tu l'as apporté ?

Elle le sort de son sac et le pose sur la table de chevet.

— À quoi ça va te servir, à l'hôpital ?

— Je trouve qu'il faut immortaliser non seulement les moments heureux comme les anniversaires, Maman, mais aussi les moments tristes comme les opérations, la maladie et la mort.

— Avec des photos de ce genre dans ton album, c'est sûr que tu vas faire le bonheur de tes enfants et petits-enfants.

Je ricane. Ah, si tu savais, Maman…

J'ai hâte qu'elle s'en aille, pour pouvoir m'occuper de mes fesses. S'il m'arrive d'avoir envie de passer du temps avec elle, c'est lorsque j'ai bon espoir qu'elle retrouve Papa. Or aujourd'hui, il ne viendra pas, mais sûrement demain. L'hôpital de leur fille sera le lieu idéal pour un regroupement familial. Pour l'heure, photos de fesses.

Elle me dit au revoir en ajoutant qu'elle m'a mis des affaires pour la nuit dans le placard. Comment veut-elle que je les atteigne ? Peu importe, de toute façon je préfère dormir sans rien en bas, à cause de tous ces pansements. L'air fait du bien aux cicatrices.

Dès que Maman est partie, je sonne Robin.

Attends, attends, tu sais bien qu'il a d'autres patients, Hélène, même si tu as du mal à l'imaginer. Le voilà.

— Qu'est-ce que je peux faire pour vous, mademoiselle ?

— Je voudrais vous demander quelque chose. Et ne me dites pas non tout de suite, O.K. ?

— Allez-y.

— Est-ce que vous pourriez m'aider à… Si on arrêtait de se vouvoyer ? Le vouvoiement ne va pas avec le service que je veux vous demander.

— Très bien, d'accord.

— Toi, c'est Robin. Moi, c'est Hélène. Bon. Est-ce que tu peux m'aider à photographier mes fesses et la cicatrice ? Je veux absolument voir à quoi elle ressemble.

— Ah, faut que je réfléchisse, je me demande si c'est permis.

— Oh, s'il te plaît, sinon je vais devenir folle ! Je n'ai pas d'autre moyen de savoir ce qu'ils ont fabriqué là. Tu sais bien que ce Notz ne peut pas me l'expliquer. Or en fin de compte, c'est mon cul à moi, non ? S'il te plaît... Si je me tâte les fesses, ça ne m'avance pas du tout. Il faut que je voie.

— Je comprends. C'est intéressant : les autres patients ne veulent jamais savoir à quoi ça ressemble. O.K. Je fais comment ?

Je règle l'appareil sur les photos de nourriture, dans le menu. D'abord sans flash, c'est toujours plus beau. J'enlève le pansement de gaze et le bouchon, ce qui prend plus de temps que prévu. Ils n'ont pas lésiné sur la gaze, pour me boucher le cul. Je me couche avec précaution sur l'autre flanc, vers la fenêtre, et je m'écarte les fesses des deux mains.

— Maintenant, Robin, prends-la de tout près, et sans bouger, surtout, c'est sans flash.

J'entends un déclic, puis il me montre la photo pour que je vérifie. On ne voit presque rien. Robin n'a pas la main sûre, mais il a sûrement d'autres talents. Bon, essayons avec le flash. On recommence.

— Prends-en plusieurs sous différents angles, de très près, de plus loin...

Clic, clic, clic, clic. On ne peut plus l'arrêter.

— C'est parfait, merci, Robin.

Il me rend l'appareil avec précaution :

— Des années que je travaille dans ce service de proctologie sans avoir jamais vu la cicatrice d'un patient. Je te remercie.

— C'est moi qui te remercie. Maintenant, je vais me regarder le trou du cul en toute tranquillité. Tu voudras bien recommencer, si nécessaire ?

— Tout à fait.

— T'es vraiment sympa, Robin.

— Toi aussi, Hélène.

Il sort en souriant. Je remets le bouchon de gaze en place.

Je me retrouve seule avec cet appareil qui contient les photos de ma plaie. Aucune idée de ce qui m'attend. Mon pouls s'accélère, l'émotion me fait transpirer.

Je mets le réglage sur « *review* » et approche l'appareil de mes yeux. Apparaît alors la photo d'un trou sanglant, bien pénétré par la lumière du flash. C'est que le trou est ouvert, sans l'ombre d'un sphincter fermé.

Impossible de discerner la rosette et sa peau brun rose, froncée en forme d'anneau. En fait, je ne reconnais rien de familier. Voilà donc ce que Notz voulait dire, avec sa « résection cunéiforme ». Lamentable, cette explication. Je suis dégoûtée par mon propre trou du cul, ou ce qu'il en reste. C'est plus proche du trou que du cul.

Bref, je ne pourrai plus être mannequin et poser pour mon cul. Réservé à l'usage privé. Est-ce que je tiens la photo à l'envers ? Non, impossible. C'est Robin qui, en me photographiant, a dû tenir l'appareil dans ce sens.

Oh là, on voit tout à l'intérieur. Avant d'avoir regardé, j'allais beaucoup mieux. La douleur revient d'ailleurs, par à-coups. S'en ira-t-elle jamais ? Je n'y crois plus, ayant vu à quoi ça ressemble. Sur toute la longueur de l'incision, il n'y a plus de peau, mais de la chair à vif, toute rouge.

Il faut tout d'abord que la peau repousse. Combien de temps faudra-t-il ? Des semaines, des mois ? Que peut-on manger pour favoriser la repousse de la peau du cul ? Des maquereaux ?

Qu'est-ce qu'on attend de moi ici, au juste, que je pousse des crottes sur de la chair à vif ? Ah ça, jamais ! Combien de jours et de semaines vais-je me retenir ? Et si j'y arrive, le caca ne cessera de grossir, de durcir, et me fera encore plus mal au passage. Je poserai la question. D'ici que la plaie soit guérie, il faut absolument qu'on me donne un médicament provoquant la constipation. J'attrape la sonnette des S.O.S.

En attendant, j'observe les autres photos prises par Robin. Aucune ne montre la plaie sous un jour plus anodin. Et qu'est-ce que je vois à côté ? Plein de pustules rouge vif. De quoi peut-il s'agir ? Je les tâte du bout des doigts sur les deux fesses. Je les sens bien, même si je ne les ai pas remarquées sur la photo et que mon sens du toucher est atrophié par rapport à la vue. Il faut que je le développe, ça ne peut plus durer. D'où viennent ces vilaines pustules ? Une allergie aux opérations du popotin ? Je vérifie sur les photos. J'y suis : c'est le feu du rasoir, vu qu'on vous rase avant l'opération. Sans ménagement, de toute évidence. Ric-rac, un coup de rasoir, l'essentiel étant d'enlever les poils le plus vite possible. Certainement sans eau ni mousse, avec une lame à sec, et voilà tout.

Faut croire que leur technique de rasage est encore plus brutale que la mienne. Avant, je ne me rasais pas du tout. Je me disais qu'on pouvait faire meilleur usage du temps qu'on perd dans la salle de bains. C'était ma ligne de conduite.

Jusqu'au jour où j'ai rencontré Kanell. Il vient d'Afrique, d'Éthiopie plus exactement. Un samedi, il a voulu acheter quelque chose au stand de fruits et légumes où je travaille pour arrondir mes fins de mois. Je déballe la marchandise dès quatre heures et j'assure la vente jusqu'à l'après-midi. Mon patron, le paysan qui possède le stand, est raciste. Le plus drôle, c'est qu'il se croit obligé de vendre des fruits et des légumes exotiques. Un bon créneau. Mais qui, à part des clients originaires d'Afrique, d'Inde, d'Amérique du Sud ou de Chine, irait mettre dans ses plats du pamplemousse, des topinambours et des gombos ?

Mon patron s'énerve tout le temps à cause des étrangers qui l'embêtent et veulent acheter chez lui : il est agacé par leur mauvaise prononciation. C'est pourtant lui qui les attire, avec ses marchandises. Kanell n'avait pas compris la dernière question posée par le paysan : « Ce sera tout ? »

Et il avait dû demander ce qu'il voulait dire par là. En le lui expliquant, mon paysan de patron l'avait traité avec une telle condescendance que j'avais filé en douce présenter des excuses au client.

Je l'avais cherché en courant dans les allées du marché. À un moment donné, je m'étais retrouvée derrière lui. Je lui avais tapoté l'épaule, il s'était retourné, et je lui avais dit, à bout de souffle :

— Bonjour, excusez-moi. Je voulais juste

vous dire que j'ai eu vraiment honte de mon patron.

— J'ai vu ça.

— Voilà.

Nous avions ri tous les deux.

Puis, gênée, je n'avais rien trouvé de mieux à dire que :

— Bon, je retourne au stand.

— Tu es rasée ?

— Quoi ?

— Est-ce que tu es rasée ?

— Non. Pourquoi cette question ?

— Parce que j'aimerais bien te raser, chez moi.

— Quand ?

— Dès que tu as fini ton travail, à la fin du marché.

Il note son adresse sur un papier, le plie plusieurs fois sur lui-même, et pose ce petit cadeau dans ma paume toute sale. Une de mes aventures les plus imprévues, en fin de compte. Je range le papier dans la poche de mon tablier vert et retourne fièrement voir le raciste.

Durant les heures qui suivent, je préfère ne pas penser trop en détail à ce qui m'attend dans cet appartement. Sinon, je serai trop agitée et je renoncerai carrément à y aller. Ce serait bien dommage.

Mon travail terminé, j'empoche l'argent que j'ai gagné au noir et me rends à l'adresse indiquée. Je sonne chez Kanell. C'est sans doute son nom de famille. Ou bien il a un prénom et un nom si compliqués qu'il a fini, comme certains footballeurs, par se trouver un pseudonyme susceptible d'être prononcé par des Européens un peu bêtes. La porte s'ouvre en vibrant, il lance à voix haute dans la cage d'escalier : « Deuxième étage. »

Je fais un pas en avant, la porte claque derrière moi. Elle me frôle l'occiput, je sens un gros courant d'air froid dans les cheveux. Le bras articulé est réglé trop fort, il faudrait desserrer je ne sais quelle vis, là-haut, pour que la porte se referme en douceur. C'est mon père qui me l'a appris. Si j'ai l'occasion de repasser par ici, j'arrangerai ça avec un tournevis cruciforme.

Relevant ma jupe, je glisse la main dans ma culotte, enfourne le majeur et le laisse un peu au chaud avant de le ressortir. Puis j'ouvre la bouche et l'y enfonce tout entier. Je serre les lèvres autour et le retire lentement. Ce faisant, je le tète et le suce bien fort, pour avoir sur la langue tout le goût de mes sécrétions.

Difficile, lors d'un rapport, d'écarter les jambes – par exemple pour qu'un type me lèche bien la chatte – si je n'ai pas la moindre idée de l'aspect, de l'odeur et du goût que j'ai.

Dans notre salle de bains, il y a plein de miroirs bien utiles qui me servent à examiner ma chatte d'en bas. D'en haut, la vue qu'une femme a de sa chatte est bien différente de celle qu'un homme peut en avoir au lit, la tête entre ses cuisses.

La femme ne voit guère plus qu'une petite touffe de poils qui se dressent là, et au mieux deux bosses annonçant les grandes lèvres.

L'homme, lui, voit une gueule béante et lascive, hérissée de lobes de chair. Moi, je veux me regarder en entier, à la manière d'un homme qui voit la femme bien mieux qu'elle-même. Telle qu'elle est faite, elle est bizarrement cachée, et pour l'apercevoir, il faut tourner au coin. De la même façon, je veux être la première à connaître l'aspect, l'odeur et le goût de mes sécrétions, au lieu de rester sagement couchée en espérant que tout se passera bien.

Aux toilettes, je me mets toujours la main au panier avant de pisser, je fais le test, je farfouille avec le doigt pour récupérer pas mal de matière et renifler : en général ça sent bon, sauf quand je viens de manger indien ou un peu trop d'ail.

La consistance, très variable, peut aller du *cottage cheese* à l'huile d'olive : tout dépend de mon partenaire et de quand date ma dernière toilette. Beaucoup sont fanas du *cottage cheese*. Incroyable mais vrai. Je me renseigne toujours avant.

Ensuite, il faut bien sucer son doigt et, en fine gueule, le promener dans la bouche. Le goût est presque toujours excellent, sauf les fois où la glaire a un drôle d'arrière-goût âcre dont je n'ai pas encore compris l'origine. Mais je finirai bien par le savoir.

Je dois faire le test chaque fois que je vais aux toilettes, moi qui éprouve la gêne et la jouissance de l'aventure improvisée. Là aussi, je veux savoir où en est ma production de jus de chatte. Hélène ne s'en remet jamais au hasard. Il faut que je sois dûment renseignée sur mes chères et précieuses sécrétions pour qu'un homme ait le droit de les pourlécher.

Ma dégustation est finie et je suis enchantée. Tout à fait digne d'être vue et goûtée. Ce smegma à la saveur de truffe un peu rance affole les hommes la plupart du temps.

Je monte les marches quatre à quatre. Pas question d'y aller lentement, l'air de celle qui connaît la musique. Pas de comédie. En grimpant au pas de charge, je lui montre toute ma hâte et ma curiosité. À la porte, il me prend les mains et m'embrasse sur le front. Il m'emmène dans le séjour. Il fait très chaud, le chauffage ronronne. Ici, on peut rester nue longtemps. C'est très sombre, les stores sont baissés. Seule une petite lampe de vingt-cinq watts est allumée sur une table, éclairant de sa lueur un récipient d'eau fumante posé par terre. À côté, sur une petite serviette pliée, un rasoir mécanique et de la mousse à raser. Tout le divan est couvert de grandes serviettes.

Il me déshabille vite fait. Seule la jupe pose problème, avec sa fermeture compliquée. Il ne se contente pas de me trousser, dirait-on, il veut enlever tout ce tissu. Je l'aide. Il me couche sur le canapé, un peu de travers. La tête dans un coin, les fesses presque dans le vide. Les pieds posés au bord du canapé, je me retrouve dans la position que j'ai chez mon gynéco.

Il se déshabille complètement devant moi. Je ne m'y attendais pas. Je pensais qu'il me déshabillerait, moi, en gardant ses vêtements. Tant mieux. Je vois ses bouts de sein déjà durcis, un début d'érection. Il a une queue très fine avec un gland pointu et il porte un peu à gauche. De là où je me trouve.

Il a une miche de pain tatouée sur la poitrine. Pas du pain complet ni intégral, plutôt dans le genre grosse brioche au beurre. Ma respiration s'apaise peu à peu. Je m'habitue vite aux situations insolites. Je l'observe, les bras croisés derrière la tête. Il a l'air heureux, à son affaire. Apparemment, je n'ai qu'à rester tranquillement couchée en jetant un coup d'œil de temps à autre.

Il sort et revient, une lampe de mineur allumée sur le front. J'ai du mal à garder mon sérieux, et je lui dis qu'il ressemble à un cyclope. On vient d'étudier ça, au lycée. Il rit aussi.

Il pose un coussin par terre et s'agenouille dessus pour éviter, dit-il, de s'abîmer les genoux. Ensuite, il plonge les deux mains dans l'eau chaude et me frotte les jambes. Tiens donc, il commence par le bas, pour l'échauffement.

Ensuite, il prend la bombe de mousse à raser et en étale dessus. Il plonge le rasoir dans l'eau chaude et trace une grande raie le long de la jambe. Quand toute la mousse est partie sur cette bande, il en trace d'autres, comme sur une pelouse. Après chaque passage, il secoue le rasoir dans l'eau pour le nettoyer. Des poils et de la mousse flottent à la surface. Les deux jambes ne tardent pas à être glabres. Il me dit de garder les bras dans cette position, sans doute pour s'attaquer aux aisselles. Zut, et moi qui me faisais une joie du rasage de la chatte... Va savoir si c'est au programme.

Après avoir humecté les deux aisselles, il les couvre de sa chantilly en bombe. Sous les bras, mes poils très longs lui donnent du fil à retordre : il doit repasser plusieurs fois au même endroit pour tout enlever. De plus, comme j'ai les aisselles creuses, il faut tirer la peau dans tous les sens pour raser à plat. Sa lampe de mineur projette un cercle lumineux sur ma peau. Quand il s'approche pour mieux voir, le cercle se rétrécit et brille plus fort. Dès qu'il s'éloigne, il éclaire faiblement une grande surface. Le rond de lumière se pose juste à l'endroit qu'il observe, et sa luminosité indique l'intensité du regard. Assez souvent, le cercle tombe sur mes mamelons. Surtout sur le droit, à la langue fourchue comme celle d'un serpent. Et sur ma chatte. Il ne m'a pas encore éblouie. Mon visage n'a pas l'air de l'intéresser. Quand tous les poils sont partis, il m'asperge les aisselles pour rincer la mousse, et il essuie en tamponnant. Nous échangeons un sourire.

— Et maintenant... fais-je en fourrageant dans ma toison.

— Hmm...

Il se passe les mains sous l'eau et en humecte une grande surface. En partant du nombril et en haut des cuisses, de chaque côté, puis entre les grandes lèvres jusqu'au trou du cul, en poussant jusqu'au début de la raie culière. Il regarde le chou-fleur de près. Une vraie course d'obstacles pour le rasoir. Il met de la mousse à raser sur les endroits mouillés. Elle vibre agréablement sur les grandes lèvres, ffrrtt. Il masse un peu la crème pour la faire pénétrer dans la peau et reprend son rasoir. Il commence en haut des cuisses, enlève les poils pubiens qui poussent vers la jambe. Il pose le rasoir sous le nombril et s'arrête. Puis il recule pour avoir une meilleure vue d'ensemble, plisse le front et dit d'un air grave :

— Je les trouve bien, ces poils qui poussent là-haut, je vais tout laisser. Je rectifie un peu les côtés, comme ça on aura une grande bande sombre jusqu'à la fente, mais de là jusque par-derrière, on enlève tout.

En parlant, il ne me regarde pas dans les yeux, c'est plutôt à ma chatte qu'il s'adresse.

Et elle répond : « D'accord. »

Sur les deux côtés, il dégage une bande de gazon, et s'arrange pour que la coupe parte en pointe vers l'endroit où se lève le rideau des croissants de lune. Il faut maintenant qu'il aborde les grandes lèvres, enfin, enfin ! Il a la tête entre mes jambes pour que sa lampe m'éclaire bien la chatte. Cette dernière doit sûrement briller comme une lanterne velue, avec un éclat de braise rouge à l'intérieur. Il rase avec précaution mes croissants de lune. Ensuite, il doit les écarter pour s'occuper de leur face intérieure. Il passe et repasse dans tous les replis jusqu'à ce qu'il n'y ait plus de mousse nulle part. J'ai envie qu'il me baise. Il le fera sûrement après m'avoir rasée. Un peu de patience, Hélène. Il me dit à présent de garder les jambes écartées tout en ramenant les genoux vers moi. C'est pour accéder au trou de balle. Il me demande si ce boudin que j'ai au cul me fait mal.

— Non, non, ce sont juste des hémorroïdes qui sortent de l'anus. Je crois que tu peux raser dessus en y allant doucement.

Derrière, il y a beaucoup moins de poils. Il suit plusieurs fois la raie, vers le haut puis vers le bas, et tourne autour du périnée. C'est fini. Il m'asperge de quelques gouttes d'eau tiède et sèche en tamponnant. La chatte a bien mouillé pendant le rasage des replis. Les sécrétions se mêlent à l'eau que Kanell essuie avec précaution. Mais il en coule toujours davantage.

— Tu veux me baiser, maintenant ?

— Non, tu es trop jeune pour moi.

On se calme, Hélène, sinon toutes ces belles sensations vont disparaître de l'entrecuisse.

— Dommage. Je peux le faire toute seule, ici ? Ou est-ce qu'il faut que j'aille jouir chez moi ?

— Fais-le ici, tu es mon invitée.

— Passe-moi le rasoir.

Je le tiens par la tête et enfonce dans ma chatte mouillée le manche qui n'est pas si froid que prévu. Les mains de Kanell l'ont réchauffé pendant tout ce temps.

Le manche entre et sort en rythme. Au contact, il est comme le doigt d'un adolescent. Je pense à Hänsel, dans le conte de Grimm. Le manche frotte contre mes grandes lèvres, dans un va-et-vient de plus en plus fort. C'est le mouvement qu'on fait pour couper du pain, mais du pain dur. En avant, en arrière, en avant, en arrière, scions, scions, de plus en plus profond.

Kanell m'observe.

— Tu peux me mettre la lampe sur la tête ? Je voudrais m'éclairer, moi aussi.

Il me passe la bande élastique autour du crâne en plaçant la lampe juste au milieu du front. Je regarde ma chatte et l'éclaire complètement. Kanell sort de la pièce. Waouh, qu'est-ce que cette séance m'a excitée ! Je pose le rasoir sur mon ventre et caresse des deux mains mes lèvres nues, toutes glabres. Dieu qui te manifestes par ton absence, ce qu'elles sont douces ! Douces comme le cuir du cheval-d'arçons, douces comme des noyaux. À tel point que je ne les sens presque plus sous mes doigts. Je les frotte de plus en plus fort, et je jouis.

Et maintenant ? Je suis en nage, à bout de souffle. Il fait très chaud ici. Et Kanell ? Je m'habille, ce qui ne me rafraîchit pas. Il entre dans la pièce. Je lui demande :

— Et une autre fois, tu voudras bien me le refaire ?

— Avec plaisir.

— Quand ?

— Tous les samedis, après ton boulot.

— Bon, comme ça, à chaque fois, mes poils auront toute la semaine pour pousser énormément pour toi. Je ferai de mon mieux. Salut !

Ce fut la première fois que je rasai mes poils, ou plutôt qu'on me les rasa. Mon premier rasage. Depuis, nous nous voyons presque chaque semaine. Il arrive qu'il ne soit pas là ou qu'il n'ouvre pas la porte. Comment se balader mal rasée, avec des poils qui piquent ? Je trouve ça atroce. Soit on est complètement rasée, soit pleine de poils. Et ça se met à vous démanger follement. Bref, quand il ne le fait pas, il faut que je m'en charge, bien que je sois beaucoup moins douée que lui. Je ne procède pas avec la même lenteur, le même amour.

Me raser seule, c'est tout de même con, parce que sur ce plan-là, je suis plutôt gâtée. J'ai pris l'habitude qu'on me le fasse. Si les hommes veulent des femmes épilées, ils n'ont qu'à s'en charger, au lieu de leur refiler tout le boulot. Sans les hommes, les femmes se soucieraient peu de leur pilosité. Raser l'autre (et se faire raser par lui) d'une façon qu'on trouve particulièrement esthétique, il n'y a pas mieux comme préliminaires. Chacun donne à l'autre l'aspect qui l'excite le plus. En tout cas, ça vaut mieux que d'avoir toutes sortes d'exigences concernant l'autre et d'en débattre ensemble – rien de tel pour s'engueuler.

Moi, je vais vite en besogne, sans aucune délicatesse. Je me rase en moins de deux, cric, crac, en arrachant tout sur mon passage. Je saigne presque à tous les coups, et tous les petits boutons ouverts s'infectent. Quand Kanell s'en aperçoit, il me gronde de m'y prendre comme ça. Pourtant, je suis loin d'être aussi brutale que la personne qui m'a rasé le cul avant l'opération.

Une infirmière entre, ce n'est malheureusement pas Robin. Tant pis, je lui pose la question :

— Comment je fais, pour aller à la selle ?

C'est la formule consacrée. Moi, je m'adapte à mon interlocuteur, je sais aussi m'exprimer en termes choisis.

Elle m'explique que, d'un point de vue médical, il est souhaitable de le faire dès que possible pour ne pas développer une inhibition de merde. D'après elle, aller à la selle tous les jours permet à la plaie de guérir, aux tissus de se refermer, mais aussi de se dilater. Pour l'instant, ce n'est pas vraiment acquis. Avant de ressortir, elle m'annonce que le docteur Notz va venir m'expliquer tout ça en détail. En attendant, je songe aux divers moyens de provoquer la constipation. Plusieurs possibilités me viennent à l'esprit. Le voilà, le médecin des hôpitaux. Je lui dis bonjour en le regardant droit dans les yeux, comme je le fais toujours pour intimider mon interlocuteur. Et là, je remarque qu'il a de longs cils très fournis : ça alors... Pourquoi ne m'en suis-je pas aperçue plus tôt ? J'avais peut-être la tête ailleurs à cause de la douleur. Plus je le regarde, plus ses cils deviennent immenses. On dirait qu'il raconte des trucs importants sur mes selles, mon alimentation et mon rétablissement. Je ne l'écoute pas un seul instant, je suis en train de compter ses cils un par un. De temps à autre, je fais « mm, mm » pour avoir l'air de ne pas en perdre une miette.

Des cils de ce genre, c'est une vraie moustache oculaire, et ça m'énerve de voir des hommes avec de beaux cils. Les femmes, n'en parlons pas… Les cils sont une de mes préoccupations essentielles dans la vie. C'est toujours ce que je remarque en premier chez les gens : leur longueur, leur épaisseur, leur couleur, leur teinture éventuelle, leur mascara, leur courbure, ou les crottes collées dessus. Beaucoup ont des pointes claires et une racine sombre, on dirait qu'ils sont courts, mais ce n'est qu'une apparence : une fois maquillés, ils doubleraient de longueur. Moi, quand j'étais petite, je n'en ai pas eu pendant des années. Dès ma plus tendre enfance, j'avais eu beaucoup de compliments sur mes longs cils épais, je m'en souviens très bien.

Un jour, une dame a posé cette question à ma mère : « Est-ce que ça ne l'embêtait pas que sa fille de six ans ait déjà des cils plus fournis que les siens, malgré le mascara et le recourbe-cils ? » Maman me citait souvent ce vieux proverbe tsigane : « Quand on vous complimente sur une chose, vous pouvez faire une croix dessus. » C'est d'ailleurs ce qu'elle m'a expliqué, le jour où je lui ai demandé pourquoi je n'avais plus de cils. Mais une image me revient : je me réveille en pleine nuit, Maman est assise à mon chevet où d'habitude elle me lit des histoires. Elle me tient la tête d'une main, et je sens le métal froid qui crisse au bord de mes paupières, cric. Sur les deux yeux. J'entends alors la voix de Maman : « Tout ça n'est qu'un rêve, ma petite. »

Du bout des doigts, je tâtais toujours mes cils coupés. Si l'histoire des Tsiganes avait été juste, ils auraient dû tomber complètement. Mais je ne peux pas mettre ça sur le dos de Maman, moi qui embrouille souvent le rêve, la réalité et le mensonge. Il y a surtout tant de choses que je n'arrive plus à distinguer les unes des autres à cause de toutes ces années où je me suis droguée. La fête la plus dingue de ma vie a eu lieu quand ma copine Corinna s'est aperçue que Michael, un copain dealer, avait laissé traîner sa came. À vrai dire, nous n'avions rien à fêter, mais c'était notre mot à nous pour la drogue : faire la fête.

Tous ses comprimés, ses packs de speed et de coke et ses papiers buvard imprégnés de L.S.D., Michael les cachait dans une sorte d'article de farces et attrapes : de l'extérieur, c'était une canette de Coca tout à fait normale, sauf que le couvercle était amovible.

Michael mettait un point d'honneur à ce qu'elle ait exactement le même poids qu'une vraie canette de Coca, et elle contenait toujours la même quantité de drogue.

Corinna me lance : « Regarde, Hélène, la canette de Michael. Il va pas se fâcher, non ? »

Elle me fait un drôle de sourire en fronçant le nez : elle est carrément en joie.

Nous avons séché le lycée, acheté du vin rouge et laissé ce message sur le répondeur de Michael : « Si t'as besoin de Coca, on en a trouvé des quantités dans la chambre de Corinna. Tu nous en veux pas si on commence à boire sans toi, hein ? »

On maîtrisait à fond l'art de se téléphoner en langage de code assez merdique. Quand on se drogue, on devient parano et on se prend pour Scarface. On se dit qu'on est sur écoute en permanence et que ce qui vous pend au nez, c'est une énorme descente des flics, avec arrestation, audience, et questions du juge : « À propos,

Hélène Memel, qu'entendez-vous au juste par "lessive", "pizza" et "peinture" ? Ces jours-là, vous n'avez rien lavé, rien peint, ni mangé de pizza. Vous n'étiez pas seulement sur écoute, on vous surveillait. »

Nous avons fait une course contre la montre, le but étant d'avaler autant de drogue que possible avant les premiers effets, et surtout avant l'arrivée de Michael. Puisque tout ce qui n'avait pas été avalé devrait être restitué. Nous avons commencé à neuf heures du matin, en descendant à chaque fois deux comprimés avec un bon coup de rouge. Sniffer de si bon matin du speed ou de la coke nous paraissait déplacé : nous avons donc fabriqué quelques petites bombes en papier toilette.

Des bombinettes d'un demi-pack, soit un demi-gramme versé sur un bout de P.Q. et habilement entortillé dedans, qu'on descendait avec une bonne rasade de vin. Il y avait peut-être moins d'un gramme dans chaque pack : en bon businessman, Michael trichait toujours un peu sur les quantités pour gagner plus de fric. Une fois, j'ai repesé ce qui était censé faire un gramme. Mon œil ! Cela dit, pas évident de le dénoncer à la police. C'est ça, le marché noir : pas la moindre défense du consommateur.

En tout cas, ces bombinettes sont très dures à avaler sans entraînement préalable. Quand on hésite et qu'elles vous traînent trop longtemps dans la gueule, elles s'ouvrent et toute cette camelote amère vous reste coincée dans le palais et sur la langue. Autant éviter.

Il faut croire que les effets commençaient vaguement à se faire sentir. Je me rappelle seulement les temps forts : avec Corinna, on n'arrêtait pas de rigoler en répétant qu'on était au pays de *Coke-agne*. À un moment donné, Michael est passé prendre sa canette en gueulant comme un âne. On ricanait. Il nous a prévenues : si on ne crevait pas à cause des quantités ingurgitées, on allait devoir casquer. On s'est foutues de sa gueule et voilà tout.

Ensuite, on a gerbé. D'abord Corinna, puis moi, à cause du bruit et de l'odeur. Dans un grand seau blanc. Le vomi ressemblait à du sang. C'était à cause du vin rouge : nous avons mis un certain temps à le comprendre. Et il y avait plein de comprimés pas digérés qui flottaient dedans. Un sale gaspillage, voilà ce qu'on s'est dit.

Là, j'ai fait : « Moitié moitié ? » Et Corinna : « Oui, et tu commences ! » Et là, pour la première fois de ma vie, je me suis mise à boire le vomi d'une autre. Des litres, à grands traits et en alternance avec ma copine, jusqu'à ce que le seau soit vide.

Ces jours-là, on perd pas mal de neurones. Et ma mémoire est assez atteinte, je dois le dire, par ce genre de fiestas. J'ai un autre souvenir dont je ne suis pas certaine que c'en soit un. Un jour, en rentrant de l'école, je crie pour savoir s'il y a quelqu'un à la maison. Pas de réponse. Je me dis qu'il n'y a personne.

Je vais à la cuisine où je trouve Maman et mon petit frère par terre, main dans la main. Ils dorment. Mon frère a la tête sur son oreiller Winnie the Pooh, Maman sur un torchon vert vif plié plusieurs fois sur lui-même.

Le fourneau est ouvert, ça sent le gaz. Que se passe-t-il ? J'ai déjà vu dans un film quelqu'un qui faisait des étincelles en marchant, et toute la maison sautait. Donc je me faufile tout doucement et avec précaution jusqu'au fourneau, d'autant qu'il y a des gens qui dorment, et j'éteins le gaz. Reste à ouvrir la fenêtre et à appeler les pompiers, car impossible de retrouver le numéro du Samu. On vient chercher ma mère et mon frère, ils dorment encore, j'ai le droit de venir aussi. Deux ambulances, un convoi familial. Gyrophares, pin-pon pin-pon. À l'hôpital, on leur fait un lavage d'estomac, et Papa arrive du travail.

En famille, on n'en a jamais parlé. En tout cas pas avec moi. Voilà pourquoi je ne sais pas trop si c'est un rêve ou un truc que j'ai inventé en me persuadant que c'était vrai, jusqu'à ce que ça le devienne. J'en serais bien capable.

Maman a fait de moi une menteuse hors pair, si bien que tous mes mensonges, je suis la première à y croire. C'est parfois très marrant, parfois franchement troublant, comme là. En fait, je pourrais simplement demander à ma mère :

— Maman, est-ce qu'une fois tu m'as coupé les cils parce que t'étais jalouse ? Et est-ce qu'un jour t'as essayé de te suicider avec mon frère ? Et encore une question : pourquoi t'as pas voulu m'emmener, moi aussi ?

Je n'ai jamais trouvé le bon moment.

Mes cils ont fini par repousser, et je les ai toujours teints, recourbés et maquillés pour en tirer le meilleur parti et pour agacer ma mère, si toutefois ce souvenir est exact. Je veux que mes cils naturels, inférieurs et supérieurs, ressemblent à ces gros faux cils en plastique qu'on se collait aux yeux dans les années 1960. Je mélange des mascaras bon marché et chers pour obtenir de géniales pattes de mouche. Le truc, c'est d'en foutre un bon tas sur les cils avec le bout de la brosse, où il y a plein de produit. Le but étant qu'on puisse se dire à un kilomètre de distance : « Tiens, des cils de meneuse de revue avec deux pattes en dessous. »

Les pubs font l'article pour des mascaras qui ne collent pas et dont la brosse sépare bien les cils sans faire de paquets. Or c'est justement ce qui me décide à ne pas les acheter. La famille et les voisins ont remarqué que je rajoutais sans cesse du mascara sur mes cils non démaquillés, et ils ont essayé de me paniquer.

« Quand on ne se démaquille jamais les cils, ils tombent parce qu'ils n'ont plus d'air ni de lumière ! » Là, j'ai pensé que de toute façon, ça ne pouvait pas être pire qu'autrefois. Et j'ai imaginé des trucs dingues pour arriver à ne jamais mouiller mes cils maquillés. Après avoir investi tant d'efforts et d'argent dedans, je n'allais pas bêtement flinguer tout ça sous la douche. Et puis, quand du mascara vieux de plusieurs mois vous coule dans l'œil, ramolli par l'eau chaude, ça pique très fort. C'est pas terrible. Je me douche donc en deux temps. Je me lave d'abord les cheveux la tête en bas, et je les enroule dans une serviette censée éponger les gouttes du front, pour me protéger les yeux. Ensuite, je me douche le reste du corps en partant du cou. Pendant un temps, j'ai oublié le cou et ses trois plis où se sont formés des dépôts de fromage noir.

Là, quand on se frotte le cou, on roule sous ses doigts de petits boudins foncés et collants qui ont un peu l'odeur du pus. Bref, soit on se douche en partant du visage jusqu'en bas, soit on se frotte la peau avec acharnement pour enlever les petits boudins noirs qu'on a dans les plis du cou. L'essentiel étant que le visage ne soit jamais en contact avec l'eau : ça fait des années que je vais plus sous l'eau, ni dans une baignoire, ni à la piscine avec ma classe. Je dois descendre dans le bassin comme une grand-mère, par la petite échelle, et me contenter de nager la brasse – une autre nage risquerait de me mouiller totalement ou partiellement le visage. Quand on veut m'enfoncer la tête dans l'eau pour rire, je me transforme en furie, je crie, je supplie, et j'explique que ça va me flinguer les cils. Jusqu'à présent, ça a marché.

Je n'ai pas été sous l'eau depuis des années. Et bien sûr, il va de soi que je ne me lave jamais le visage à l'eau. D'ailleurs, à mon avis, les ablutions, c'est complètement surfait. En se démaquillant avec du lait et du coton, on se lave plus ou moins le visage, mais il faut toujours bien veiller à ne pas s'approcher des cils. Je me débrouille comme ça depuis des années. J'ai seulement perdu quelques cils qui sont restés collés au recourbe-cils et ont fini par repousser. Non, ils ne tombent pas tous d'un coup si on ne les démaquille pas tous les soirs.

Un jour, un de mes ex m'a demandé, en me voyant manipuler ma pince, si une rangée de cils n'avait pas exactement la même longueur qu'une lèvre du sexe, depuis l'intérieur.

— Oui, à peu près.

— Et une pince comme ça, tu en as deux ?

— Oui.

Une dorée et une argentée.

Mattes m'a étendue sur le lit, les jambes écartées. Il a repoussé mes croissants de lune et légèrement coincé les crêtes de coq avec le recourbe-cils, de chaque côté, ce qui lui a permis de bien ouvrir les lèvres et de regarder tout au fond. Tout à fait comme le chef de bande d'*Orange Mécanique*, qui a les yeux écarquillés de force, dans la scène où on entend du Beethoven. Mattes m'a demandé de tenir les pinces et d'écarter le plus possible, si ça m'excitait. Il voulait me baiser tout de suite pour asperger les lèvres tendues à bloc, mais il fallait d'abord qu'il les prenne en photo pour que je voie comme ma chatte était belle en extension. On a applaudi de joie. Enfin, lui. Moi, j'avais les mains occupées.

Quand on tend à fond ces petits lobes plissés, leur surface atteint la taille d'une carte postale. À un moment donné, Mattes s'est fait la belle, mais sa bonne idée est restée.

J'aime la sensation des grandes lèvres étirées au recourbe-cils, à tel point qu'elles ressemblent, de mon point de vue, à des ailes de chauve-souris. C'est peut-être cette pratique qui les a allongées, car elles dépassent nettement. En fait, non… Je crois qu'elles ont toujours été énormes, avec des découpures brun-rose. J'y repense au lieu d'écouter le docteur Notz, professeur médecin des hôpitaux, qui s'apprête à sortir.

Mais là, Hélène déballe les photos de son cul.

J'aimerais qu'il me montre le haut et le bas. J'ai beau tourner la photo dans tous les sens, impossible d'y trouver un trou du cul.

Il jette un coup d'œil et détourne le regard, dégoûté par son propre travail. Même avant l'opération, il répugnait à m'expliquer ses intentions.

— Dites-moi au moins dans quel sens la tenir, pour que je sache à quoi je ressemble.

— Je ne peux même pas vous le dire, la photo

est prise de trop près, à mon avis. Difficile de dire dans quel sens il faut regarder ça.

Il a l'air furax. Il est fou, ou quoi ? C'est tout de même lui qui m'a mise dans cet état. Moi, je ne lui ai pas bousillé le postérieur ! Il me semble que c'est lui le bourreau et moi la victime.

Il se contente toujours de regarder la photo à toute vitesse, en détournant aussitôt les yeux. J'espère qu'il tient le coup plus longtemps en salle d'op, face à une plaie. Quelle chiffe molle ! Peut-être qu'il pénètre dans un autre monde quand il entre au bloc ? Qu'il est capable de tout regarder, sauf qu'il ne veut pas y être confronté, *a posteriori* ?

Comme un type qui passe son temps au bordel à faire les pires saloperies, des trucs hyperspéciaux avec la même pute à chaque fois, mais qui, s'il la rencontre dans la rue, détourne vite le regard sans lui dire bonjour.

Notz n'a pas eu l'amabilité de saluer mon trou de balle.

Il ne veut même plus le voir.

La panique se lit dans ses yeux : au secours, ce petit troufignon du bloc sait parler, il pose des questions, il s'est même pris en photo.

Quelle absurdité. Ce type-là ne sait pas parler à l'être humain qui est encore accroché au cul, objet de l'opération.

« Merci beaucoup, monsieur. » Bref, il peut disposer. J'ai fait exprès de lui supprimer tous ses titres universitaires. Le coup a porté, il s'en va.

Après l'opération et les explications du docteur Notz, professeur médecin des hôpitaux, il ne me reste plus qu'à chier joyeusement. J'ai juste retenu une phrase de son long discours : on ne me laissera quitter l'hôpital que quand j'aurai réussi à avoir des selles non sanglantes qui témoigneront du succès de l'opération et d'une parfaite guérison.

Dès lors, on entre toutes les cinq minutes, sans se présenter, pour me demander si je suis allée aux toilettes. Nooooon, pas encore ! J'ai atrocement peur d'avoir mal. Si je pousse un énorme étron le long de la plaie, que va-t-il se passer, nom de Dieu ? Je serai toute déchirée.

Depuis mon opération, on ne me sert plus que du muesli et du pain complet. Et ce muesli ne doit pas baigner trop longtemps dans le lait avant d'être mangé. Il faut qu'il arrive relativement sec dans l'estomac et l'intestin pour pouvoir y absorber du liquide, gonfler, appuyer sur les parois de l'intestin, pour indiquer qu'il veut sortir.

C'est ainsi que la pulsion d'évacuation des crottes est censée atteindre son paroxysme. En haut, les bombes sont larguées, en bas, la peur bride tous mes élans. Je ne chierai pas pendant des jours. Je ferai tout simplement comme ma mère : j'attendrai que tout fonde à l'intérieur.

Peut-on manger de la pizza en attendant de chier ? Sans poser la question, je décide que manger des choses qu'on aime favorise la guérison de l'anus. J'appelle Marinara, mon livreur préféré dont je connais le numéro par cœur. Il est ultra-simple, comme un numéro de téléphone rose. J'en salive d'avance, et je le cache bien en essayant de prendre une voix de chieuse : « Une pizza funghi et deux bières. À l'hôpital Notre-Dame-de-Bon-Secours, chambre 218. Au nom de Memel. Vite, et qu'elle ne soit pas froide à l'arrivée. Vous prévenez en bas à l'accueil, et on appelle à l'étage. Au revoir. »

Et on raccroche aussi vite et fort que possible.

Je pense souvent à cette histoire qui circule encore : deux filles veulent se faire livrer une pizza. Elles attendent un temps fou. Pas de pizza en vue. Elles appellent le service de livraison pour se plaindre, et la pizza finit par arriver.

Elle a une drôle d'allure et un goût étrange. Il se trouve que le père d'une nana est contrôleur à la répression des fraudes. Avant d'avoir fini de tout grignoter, elles emballent les restes dans un sac et les lui apportent.

Là, tout le monde se dit que la pizza n'est pas fraîche, or l'analyse du laboratoire révèle qu'elle contient cinq spermes différents. Je m'imagine la scène à l'origine : les types du service de livraison, énervés par les réclamations de toutes ces filles, ont des fantasmes de viol. Normal. Ils en parlent, élaborent un plan et déballent tous leur queue pour se branler ensemble sur la pizza. Et là, évidemment, le pizzaïolo voit la queue des autres en pleine érection, il les voit se branler et jouir. Sur ce point, j'envie les hommes. Moi, j'aimerais bien voir les chattes de mes amies, de mes copines du lycée, et la bite de mes copains : ça me plairait de tous les voir jouir. Mais ça n'arrive pas tous les jours, et je n'oserais jamais le leur demander.

En fait de queues, je ne vois que celles des hommes avec qui je baise, et je vois seulement les chattes des femmes que je paie.

Dans la vie, je veux en voir plus !

Donc en sortant de boîte, un jeu que j'aime bien, c'est forcer les portes de la piscine en plein air pour prendre un bain de minuit avec mes copains.

Le côté que je n'aime pas trop dans cette affaire, c'est l'effraction. Sinon, on voit quelques chattes et quelques bites, c'est déjà ça.

Hé oui ! Quoi qu'il en soit, lorsque je commande une pizza, je suis toujours désagréable et je le fais exprès. Je me plains même si je n'ai pas attendu très longtemps. La pizza aux cinq spermes, ça ne me déplairait pas.

Ce serait comme une partie fine avec cinq hommes ; enfin, pas un vrai rapport sexuel, mais cinq inconnus qui éjaculeraient ensemble dans ma bouche. Un truc pas mal à ajouter aux annales de sa vie, n'est-ce pas, voire excellent, si j'ose dire.

Impossible de me déplacer, je ne pourrai même pas descendre chercher ma pizza. J'aurais mieux fait de demander avant. Zut, je vais me faire repérer, ça ne va pas du tout. Il faut que j'envoie quelqu'un me la chercher, car il est peu probable que le type de l'accueil coure dans tout l'hôpital distribuer des pizzas. C'est une mission pour Robin. Un coup de sonnette, et tant pis si j'abuse.

C'est un autre infirmier qui entre, Peter, d'après son badge. Sourire. J'aime bien ce nom, celui d'un de mes ex que j'appelais Peter la Pisse. Un as du léchage, il me le faisait pendant des heures, avec une technique à part.

Il coinçait les crêtes de coq entre ses dents et sa langue, et n'arrêtait pas de frotter la langue dessus dans un mouvement de va-et-vient. Ou bien il promenait une grande langue goulue et baveuse. Du troufignon à la truffe perlée et retour. Très fort, et dans tous les plis de la peau.

Les deux techniques étaient excellentes. Je jouissais presque toujours à plusieurs reprises. Tellement fort une fois, que je lui ai pissé sur la gueule. Il s'est d'abord fâché en pensant que je l'avais fait exprès. C'était déjà un peu humiliant pour lui d'être agenouillé, et ce truc-là, par-dessus le marché…

Je l'ai essuyé en m'excusant. Pourtant il avait de quoi être fier, à mon avis. Car personne n'était encore arrivé à me faire exploser jusqu'à en perdre le contrôle de ma vessie. Et je n'étais même pas bourrée ni quoi que ce soit de ce genre.

Un peu plus tard, il en a quand même tiré une juste fierté. Ce jour-là, Peter la Pisse m'a appris que le pipi dans les yeux, ça pique très fort, et je l'ai fait figurer dans les annales de ma vie. Comment aurais-je pu le découvrir, autrement ?

— Où est Robin ?

— Relève des équipes. Je suis l'infirmier de nuit.

Tiens, il est si tard que ça ? Une journée d'hôpital passe si vite. C'est vrai, il fait déjà noir. Je deviens dingue. Parfait. Ce n'est pas si grave, Hélène : le temps va passer à toute vitesse si tu fais un jeu dans ta tête.

— Bon, qu'est-ce que je peux faire pour vous ?

— Je voulais demander un service à Robin, et ça me gêne beaucoup avec toi, vu qu'on ne se connaît pas.

Cette fois, je laisse tomber le vouvoiement qui me semble déplacé dans une situation d'une telle impudeur.

Ce n'est pas si simple de se vouvoyer quand l'un des deux a les fesses nues.

— Quel service ?

— J'ai commandé une pizza qui va arriver en bas d'un instant à l'autre, et je ne peux pas aller la chercher. Donc si un type capable de marcher pouvait me la remonter dans ma chambre...

Si ça se trouve, un infirmier comme lui se contrefiche de la diététique, et tout va marcher comme sur des roulettes.

— On ne t'a pas dit de manger beaucoup de fibres après l'opération, du muesli, du pain complet ?

Merde.

— Si, c'est vrai. Il n'y a pas de fibres, dans la pizza ?

Super-idée que de jouer les idiotes.

— Non, c'est plutôt contre-productif.

Contre-productif. Eh oui, la production de merde, ils n'en démordent pas, alors que c'est mon affaire.

— Mais il faut aussi avaler des trucs que le ventre connaît. Un brusque changement de régime ne doit pas favoriser les selles. S'il vous plaît...

Le téléphone sonne.

Je prends la communication.

— La pizza est arrivée ?

J'enlève l'écouteur de mon oreille et adresse

un sourire à Peter, en levant les sourcils d'un air interrogateur.

— Je vais te la chercher. Tu verras bien ce que ça donnera, fait-il avec un charmant sourire, en s'en allant.

— L'infirmier Peter va passer la prendre. Ne la remettez à personne d'autre. Merci !

J'en ai de la chance, avec mes infirmiers. Je les préfère de loin aux infirmières.

Vautrée sur mon lit, j'attends Peter.

Dehors, il fait noir. Je vois mon reflet dans la vitre. Si mon lit est très haut, c'est pour que le personnel n'ait pas mal au dos en soulevant les patients. La baie vitrée couvre tout un côté et part de tout en haut pour descendre jusqu'au radiateur. On dirait un immense miroir quand il fait sombre dehors et que la pièce est éclairée. Avais-je vraiment besoin de l'appareil photo ? Je tourne les fesses vers la fenêtre et tends le cou à fond, dans la même direction. Mais tout est flou. Normal, à cause du double vitrage qui reflète deux fois avec un léger décalage. Heureusement que j'ai eu l'appareil photo. La nuit tombée, je pourrais tout de même rester le cul tourné vers la porte, tout en voyant qui entre, sans me retourner. C'est bien, je trouve. Est-ce qu'en ce moment on peut me voir, du dehors ? Bah, tant pis, ils savent bien que c'est un hôpital. Du dehors, ça n'échappe à personne. Au pire, ils se diront que c'est une pauvre cinglée qui montre son postérieur à la fenêtre, sous l'effet des médicaments, et ils auront pitié. Parfait.

À l'hosto, je deviens carrément naturiste, alors que je ne le suis pas, d'habitude. Enfin si, je l'ai toujours été côté chatte, mais pas avec mes fesses.

Je reste avachie, et comme mes fesses me font très mal à chaque mouvement, je ne me couvre plus. Tout le monde entre, voit ma plaie béante et un bout de mon abricot. On s'y habitue vite. Rien n'est plus pénible. Je suis une foutue patiente du cul, ça se voit et je me comporte comme telle.

Si j'ai une vision très saine de ma chatte mais que je suis super-coincée côté trou du cul, même en temps normal, c'est parce que ma mère m'a flanqué un méga problème caca. Quand j'étais petite, elle m'a souvent dit qu'elle ne faisait jamais sa grosse commission et s'abstenait de péter. Elle gardait tout à l'intérieur jusqu'à ce que ça fonde. Allez vous étonner, ensuite...

À cause de ses histoires, j'ai atrocement honte qu'on puisse m'entendre ou me sentir aux toilettes. Dans les toilettes publiques, même pour un simple pipi, ou si un pet m'échappe quand je relâche tous les muscles du périnée, j'évite à tout prix que la femme d'à côté mette un visage sur le bruit en question. L'odeur de mes crottes me donne le même type de comportement. Quand j'entends tout un va-et-vient dans les toilettes voisines et que j'ai empuanti la mienne, je reste dans la cabine jusqu'à ce que les témoins aient disparu avant d'oser ressortir.

En délinquante du caca.

Mes camarades de classe n'arrêtent pas de se moquer de ma pudibonderie.

Me changer dans ma chambre n'a rien d'évident non plus. J'y ai accroché plein de posters de mon groupe préféré. Et comme ils ont tous regardé l'objectif quand on les photographiait, on a l'impression qu'ils vous épient. Bref, quand je dois me déshabiller chez moi et qu'ils risquent d'entr'apercevoir ma chatte ou mes lolos, je me cache derrière le canapé. Avec de vrais garçons ou des hommes, je m'en fiche.

On frappe à la porte, Peter entre. Il pose le carton de pizza sur la table de nuit, et les deux canettes une par une, lentement mais assez fort. Ça tient tout juste.

Ce faisant, il ne me quitte pas des yeux. Je le fixe moi aussi, c'est ma spécialité. Je suppose qu'il doit être content de s'occuper d'une personne à peu près de son âge, ce n'est pas désagréable.

— Je te refile une bière ?

— C'est très sympa, mais je suis de service. Si je sens l'alcool à plein nez, ça va être ma fête.

Je déteste qu'on me dise non. Il ne m'apprend rien, en me disant que ce n'est pas autorisé. Quelle plaie… Ici, on est à l'hôpital, Hélène, pas au bordel.

Il détourne les yeux. Quoi, il regarde par la fenêtre, en m'évitant ? Ah non, dehors on ne voit plus rien ; c'est sûrement pour apercevoir le reflet de mon abricot. Bravo, son service de nuit commence fort. Je m'entends bien avec Peter aussi.

— Merci bien. Bon, alors je vais manger.

Il sort, je déballe ma pizza et je la regarde. Je me demande comment la manger sans couverts. Les types de Marinara n'ont même pas prédécoupé les parts avec leur roulette à pizza. Est-ce que je vais la déchirer en morceaux, comme une bête ? Peter rapplique avec des couverts ; il ressort avec un sourire malicieux, et rentre à nouveau. Qu'est-ce qu'il y a, encore ? Il tient un sachet de plastique avec quelque chose d'écrit sur l'étiquette.

— Sur le sac, ils mettent que c'est pour toi, ça doit être en rapport avec l'opération. T'es au courant ? Ils ont trouvé quelque chose qu'ils veulent te rendre ?

— Je voulais voir leur découpe cunéiforme. Ce serait tout de même le comble qu'ils m'enlèvent un truc pendant que je suis inconsciente, un truc que je n'aurais jamais vu et qui atterrirait tout de suite dans la poubelle.

— À propos de poubelle, on m'a chargé de déposer ce sachet et son contenu dans la poubelle des « déchets spéciaux » de l'hôpital.

Peter prend les missions très au sérieux, et du coup, il s'exprime de façon prétentieuse. Au lieu de « déposer », il aurait pu dire « jeter », ça lui aurait donné l'air d'un être humain et non d'un robot qui répète tout mot pour mot. Il me remet le sachet et reste planté là, alors que je préfère l'ouvrir seule. Le sachet à la main, je fixe Peter jusqu'à ce qu'il sorte. Ma pizza refroidit de plus en plus. Tant pis. Ce problème est plus important, et par ailleurs, j'ai entendu dire qu'un vrai gourmet ne mange rien de brûlant afin de percevoir la saveur idéale du plat. Les soupes brûlantes n'ont aucun goût, et c'est sûrement vrai de la pizza aussi. Quand on a complètement raté un plat, il suffit de le servir hyper-chaud : les papilles gustatives ébouillantées, personne ne s'aperçoit qu'il n'a aucun goût. *Idem* pour l'extrême inverse qu'est le froid. Les boissons dégueulasses comme la tequila s'ingurgitent glacées.

Le sachet transparent est fermé par une glissière, il s'ouvre d'un coup. À l'intérieur, il y a un autre sac d'un format plus petit et qui n'est pas transparent, mais blanc. Je sens le machin qu'on m'a enlevé, il est dedans, sans autre emballage.

Si je le sors maintenant, il va drôlement saloper le lit. J'arrache le couvercle du carton de pizza ; c'est très facile, il est déjà perforé dans le sens de la longueur. Il faut croire qu'on a pensé à ceux qui, à l'occasion, ont besoin d'un support approprié pour un bout de chair sanguinolente, dans leur lit. Je glisse le couvercle sous le sachet et pose le tout sur mes cuisses. Ai-je besoin de gants en plastique pour sortir ce truc ? Non, ce serait absurde d'aller en chercher ; il fait partie de mon corps, même s'il est plein de sang. Après tout, le pendant négatif de ce lambeau de chair, ma plaie béante, je la tripote bien du matin au soir sans mettre de gants. Allons-y, sortons la bête. Au contact, c'est comme du foie ou une autre pièce de boucherie. Je pose tous les morceaux sur le carton et là, déception. Plein de petits morceaux au lieu d'un triangle d'un seul tenant. Après la description de Notz, je m'attendais à un long morceau de viande toute fine, un peu comme la selle de chevreuil que Maman sert aux invités en automne et en hiver. Un filet rouge foncé et brillant avant la cuisson, voire un peu visqueux, comme le foie. Alors qu'ici, j'ai du sauté de porc en petits dés, certains avec des traces jaunes sans doute dues à l'inflammation. Comme les viandes décolorées par la congélation, dans les pubs. C'est évident : ils n'ont pas découpé le morceau vite fait, d'un seul coup. D'ailleurs je ne suis pas un chevreuil mort, mais une fille bien vivante. Au fond, heureusement qu'ils y sont allés pas à pas, en faisant bien attention au sphincter, au lieu de trancher dans la bidoche pour me présenter ensuite une magnifique tranche de filet anal. Calme-toi Hélène, rien ne se passe jamais comme tu l'avais cru. Moi, au moins, je m'imagine un truc dans les moindres détails, je pose des questions pour tout vérifier, ce qui me permet d'en savoir un peu plus long. C'est Papa qui m'a appris à aller au fond des choses, quitte à en avoir la nausée. Malgré tout, je suis contente d'avoir vu ces morceaux avant qu'on ne les brûle dans le four crématoire de l'hôpital. Au lieu de les remettre dans l'emballage, je me contente de poser le sachet dessus en appuyant un peu pour qu'il colle aux morceaux. Et je pose le couvercle en carton, le sauté de porc et les deux sachets sur la table de nuit. J'ai les doigts pleins de sang et tout poisseux. Les essuyer sur le lit ou sur mon déguisement d'ange serait vraiment très dégueulasse. Bah, après tout, inflammation ou non, ce sont des morceaux qui viennent de mon corps. Je me lèche les doigts l'un après l'autre, tout simplement. Je suis toujours très fière de ce genre d'initiative, ça vaut mieux que d'attendre bêtement dans son lit, en pure perte, qu'on vous apporte des lingettes. Pourquoi serais-je dégoûtée par mon propre sang, mon propre pus ? Pour les autres inflammations, je ne fais pas ma mijaurée : lorsque je me perce un bouton et que je me retrouve avec du pus sur le doigt, je le mange avec délectation. De la même façon, quand je m'enlève des points noirs, le petit ver translucide à tête noire qui sort en vrille, je l'ôte du bout du doigt pour le manger. Les quelques miettes au coin des yeux, après le passage du marchand de sable, je les dévore toutes au réveil. Et quand j'ai une croûte sur une écorchure, je gratte toujours la couche du dessus pour la grignoter.

J'avale ma pizza en solitaire.

Je n'aime pas manger seule, ça me fait peur. Quand on se met un truc dans la bouche, il faut pouvoir dire aux autres quel goût ça a. Voilà ces élancements dans le cul qui me reprennent. Tu as appris, Hélène, à ne pas souffrir plus que de raison. Coup de sonnette. Peter entre, et je lui dis que j'ai besoin de médicaments, vu que les douleurs ont repris. Étonné, il réplique que le protocole prévu pour moi ne comporte pas d'analgésiques pour cette nuit. Tout en mastiquant une bonne bouchée de pizza aux champignons, je réponds : « Mais si, Robin a dit qu'il suffisait d'en demander pour en avoir. »

C'est incroyable : cette fois, j'ai demandé très tôt, et on ne me donnerait rien de toute la nuit ? Au secours ! Peter va appeler le docteur à son domicile. Selon lui, il ne peut pas prendre l'initiative si ce n'est pas écrit sur son bloc. Je me sens mal tellement j'ai peur. Mon opération date d'aujourd'hui, et on me laisserait la première nuit sans analgésiques ? J'ouvre les deux bières avec le manche de la fourchette. Il n'y a pas beaucoup de filles qui en soient capables. Très pratique. Les routiers sont sympas. Je descends les deux bières d'un coup, à longs traits. Mon cul me fait de plus en plus mal, et la bière me glace le ventre.

Peter, Peter, dépêche-toi de m'apporter ces comprimés. Je ferme les yeux, la douleur est de plus en plus forte, je me crispe. Comme la fois d'avant. Les mains jointes sur la poitrine, je ne suis plus qu'un trou du cul.

Je l'entends entrer, je ferme les yeux et demande si on va me donner quelque chose.

« Pardon ? » C'est une voix de femme.

Je rouvre les yeux et j'aperçois une femme fringuée comme une infirmière, mais d'une autre couleur. Les autres sont en bleu ciel, celle-ci est en vert clair, sans doute un problème de lessive.

— Bonsoir, excusez-moi de vous déranger si tard. Notre tournée s'est prolongée, ce soir. Je suis un ange vert.

Hein ? Elle a dû s'échapper du service de psychiatrie, celle-là. Je la regarde en silence. Il ne faut pas contrarier les fous. J'ai tellement mal aux fesses, de plus en plus mal, que je ne vois pas d'autre sujet de conversation. Superdialogue : « Je suis un ange vert. – Ah oui, et moi un trouduc. »

Je continue de l'observer avec les yeux mi-clos et fatigués d'une grand-mère. Elle a un débit très lent, je remarque qu'elle ménage un petit écho après chaque mot.

— C'est-à-dire une bénévole qui allège un peu le quotidien des personnes hospitalisées. Nous, les anges verts... (Oh là, elle n'est pas la seule !)... Nous faisons des démarches pour les patients : on recharge leur carte de téléphone, on leur poste des lettres, *et cætera*.

Bravo.

— Et vous pouvez me donner des analgésiques ?

— Non, ce n'est pas de mon ressort. Nous ne sommes pas infirmières, même si nous en avons l'air.

Elle souffle comme un phoque, c'est peut-être sa façon de rire.

— Sortez, s'il vous plaît. Excusez-moi, mais j'ai mal, j'attends un infirmier et des médicaments. D'habitude, je suis plus aimable... Je vous passe un coup de fil en cas de besoin.

En sortant, elle fait : « Et où voulez-vous appeler ? » Ouf, elle est partie.

Je n'en peux plus. J'inspire à fond, j'expire bruyamment. Ma main va jusqu'au mont de Vénus, je lève les genoux sur la poitrine et reste dans cette position, même si elle me fait mal. Fonce en plein dans la douleur, Hélène. Je pose l'autre main sur le cratère crispé de mon cul. C'est grave, ce qui se passe là ; je suis si seule, et une telle souffrance, c'est la panique. À mon avis, dans ce pays, aucun patient ne doit souffrir à l'hôpital, oui, c'est ce que je pense, car il y a de formidables médicaments pour tout le monde. Je tire sur la sonnette de la douleur ; Peter entre en courant et s'excuse d'avoir été long. Il n'a pas pu joindre le professeur tout de suite, et il s'est aperçu que l'équipe de jour avait fait une erreur. En effet, on aurait dû me remettre un doseur électronique pour les analgésiques. L'anesthésiste vous l'installe, et en cliquant avec le pouce, on peut déterminer soi-même la dose à faire entrer dans la canule qu'on a au bras. Ils ont oublié ça. Oublié... Je suis vraiment à leur merci. Oublié. Et maintenant ?

— Toute la nuit, tu auras des analgésiques puissants quand tu en demanderas. Voici le premier.

Hop, dans la bouche, et c'est parti avec le reste de bière. Peter enlève le carton de la pizza. Il a sûrement oublié que les déchets spéciaux rentrent dans ses attributions. Décidément, c'est l'hôpital de l'oubli. Oublier mes analgésiques, oublier mon sauté de cul. Et puis quoi, encore… La pizza à moitié mangée est posée sur le sauté qu'elle recouvre entièrement : il atterrit dans la poubelle normale, et ça me paraît bien. Je ne dis rien. Peter enlève aussi les canettes de bière tout doucement, pour qu'elles ne s'entrechoquent pas. Très délicat, ce Peter.

J'ai les muscles des épaules qui me remontent jusqu'aux oreilles, ils sont tendus comme un élastique sous l'effet de la douleur. Après la prise du comprimé, les muscles redescendent lentement, et je respire mieux. À vrai dire, il faudrait que je fasse pipi, à cause de la bière, mais je ne peux pas me lever. Qu'à cela ne tienne, je m'endors.

À mon réveil, il fait encore noir. Je n'ai pas de montre. Si, l'appareil photo donne l'heure. Je le mets en marche, prends une photo de la chambre et quand je la regarde, il est toujours 2 h 46. Dommage, j'avais espéré que ce comprimé me ferait dormir jusqu'au matin. Est-ce que Peter m'en a laissé d'autres ?

J'allume la lumière. Tout est affreusement clair et blanc. J'ai la tête qui tourne. Ces analgésiques sont sans doute très puissants. J'ai du mal à avoir les idées claires. Mes yeux se sont habitués à cette lumière cauchemardesque. Pourquoi avoir utilisé l'appareil photo pour voir l'heure, alors que j'ai mon portable ? Tu es bizarre, Hélène, quelquefois ; ça doit être à cause des médicaments, enfin je l'espère. Je vois un comprimé dans le petit gobelet de plastique posé sur la table de nuit. Allez, j'y arriverai sûrement, même sans boire. Il a un goût atrocement chimique. Il faut un certain temps pour rassembler assez de salive. Gloup, le voilà parti. J'éteins la lumière pour me rendormir, mais impossible avec la vessie pleine à ras bord. Au moins, cette fois, c'est elle qui me gêne, ce n'est plus mon cul. Soudain, un bruit me dérange, un grondement que je trouve assourdissant. Il doit venir du dehors. On dirait l'évacuation de l'air vicié de tout l'hôpital. Pendant mon sommeil, ils ont dirigé le tuyau pile vers ma fenêtre. Je refuse d'aller aux toilettes. Tu n'as qu'à dormir la vessie pleine, Hélène, ou ne pas fermer l'œil. Pour arrêter le grondement, j'appuie mon oreiller sur ma tête. L'oreille du dessus est bouchée par lui, celle du dessous par le matelas.

Sauf que maintenant, le bourdonnement que j'ai dans la tête est aussi fort que celui de la climatisation. Je m'oblige à fermer les yeux et à trouver le sommeil coûte que coûte. Pense à autre chose, Hélène. Oui, mais à quoi ?

Je sens une odeur.

On dirait du gaz. Je renifle à plein nez. Oui, c'est bien du gaz qui s'échappe. On peut presque l'entendre chuinter. Pour en être tout à fait sûre et ne pas me rendre ridicule, j'attends encore un peu en retenant mon souffle. Je compte quelques secondes et respire à fond. C'est du gaz, à coup sûr. Je rallume et je me lève. Le mouvement me fait mal, mais tant pis. Plutôt se tordre de douleur que de sauter avec tout l'hôpital.

Une fois dans le couloir, j'appelle :

— Hé ho, y a quelqu'un ?

En fait, Maman nous a toujours interdit de crier « Hé ho », elle trouve que c'est méprisant, comme si on s'adressait avec condescendance à des handicapés.

Je m'en sers tout de même en cas d'urgence.

— Hé ho ?

Pas un bruit dans le couloir sombre. L'hôpital, la nuit, c'est à vous donner la chair de poule.

Une infirmière style bonne sœur sort de la salle qui lui est réservée. Ouf, ce n'est pas un frère. Où est Peter ?

— Vous pouvez venir ? Dans ma chambre, ça sent le gaz.

Elle a l'air de prendre ça au sérieux. Elle me croit. Bon.

Nous entrons dans ma chambre et reniflons. Plus d'odeur. Cette forte odeur de gaz a disparu ! Plus de gaz ni rien, c'est passé.

— Ah, ben finalement non. J'me suis gourée. Grand sourire forcé pour que ça ait l'air d'une vanne.

Mais ça ne prend pas. C'est dingue, je me suis entubée moi-même pour la centième fois au bas mot.

Elle me jette un regard plein de mépris et ressort. Elle a raison, on ne plaisante pas avec ça. Loin de moi cette idée, d'ailleurs. Ma pire expérience avec le gaz, c'était à la maison, sans parler du véritable incident. Un soir, en m'endormant, j'ai eu la certitude que ça sentait le gaz. De plus en plus fort. Sachant que le gaz est plus léger que l'air, je me suis dit, même si c'était improbable, que j'étais en sécurité, étendue bien à plat sur mon lit, presque au niveau du sol.

Je sais qu'il faut un certain temps pour que toutes les pièces soient pleines de gaz et qu'il redescende lentement vers le plancher. J'étais sûre que Maman et mon frère Toni étaient déjà morts. Les pièces où ils se trouvaient étaient déjà pleines de ce gaz qui s'échappait de la cave ou de la cuisine.

Cette fois-là, je suis restée étendue longtemps, les paupières lourdes à cause de la fatigue et non par manque d'oxygène, comme je le pensais. Je me demandais ce qu'il fallait faire.

Je me disais qu'en me levant, je produirais une étincelle : si la maison sautait et que je mourais, ce serait ma faute. Les autres, étant déjà morts, se ficheraient pas mal de l'explosion.

J'ai décidé de sortir du lit tout doucement et de ramper jusqu'au dehors.

Pas un bruit dans la maison. Si je m'en sortais vivante, je n'aurais plus que mon père, qui, heureusement, avait quitté cette maison de la mort. Seul avantage du divorce, je n'en vois guère d'autre.

Couchée par terre, j'ai tendu la main vers la poignée pour ouvrir la porte. Parcourir quelques mètres de couloir en se traînant sur le tapis, c'est très long. Une fois à l'air libre, j'ai respiré à fond plusieurs fois. J'avais survécu.

Je me suis éloignée de la maison pour éviter les briques qui voleraient partout quand elle sauterait.

Là, en chemise de nuit, à la lueur du seul réverbère, je suis restée sur le trottoir à observer la tombe de ma mère et de mon frère.

Le séjour était allumé : je pouvais voir Maman sur le canapé, un livre à la main. J'ai d'abord pensé qu'elle était restée figée dans cette position, lors de l'asphyxie. Très improbable.

Elle a tourné une page. Elle était vivante, et je me suis rendu compte que je m'étais encore fait avoir par moi-même.

Je suis rentrée me coucher d'un bond, cette fois, pour faire des étincelles.

Quand ça sent le gaz, je n'ai pas le moyen de savoir si c'est mon imagination qui me joue des tours. Il y a souvent une forte odeur de gaz, et voilà tout.

C'est une délicieuse odeur.

La peur fatigue, les analgésiques sûrement aussi. Je me recouche sur mon lit d'hôpital et me rendors.

J'ai dormi tout le reste de la nuit en ne prenant que deux comprimés. Parfait. Je me convaincs que ce n'est pas beaucoup. Franchement, hier soir, j'imaginais que la nuit allait être encore pire. Sur la table de chevet, il y a un comprimé dans un gobelet en plastique de la taille d'un verre à liqueur. Encore un. Quelle générosité, Peter ! Des analgésiques, je suppose. Avalé. Aujourd'hui, j'essaie de me lever. Il faut aussi que j'aille aux toilettes d'urgence. La chambre pue, et cette fois, ce n'est pas le gaz mais plutôt mon pétard, autrement, je ne vois pas.

Je me tâte le derrière et je tombe sur un truc humide. Du sang ? Je regarde mes doigts, ce n'est pas rouge, mais vaguement brun clair. Je renifle. De la crotte, à n'en point douter. D'où cela vient-il, inspecteur Hélène ?

Je sors des carrés de gaze de ma boîte à hygiène et je m'essuie. C'est de l'eau brune qui sent le caca. Hier, sur la photo, j'avais le trou du cul tout ouvert : selon moi, tout doit s'en échapper depuis que le trou n'est plus resserré. Adieu l'étanchéité. Je baptise sauce brune ce qui en sort ; ça y est, j'y suis déjà habituée. Je mets au point une technique spéciale de pliage des carrés de gaze, j'écarte un peu les fesses et j'applique ce chef-d'œuvre d'origami tout contre la plaie pour éponger la sauce brune. J'ai très mal quand je pose la gaze et le bout des doigts sur la plaie ouverte. Je laisse mes fesses se refermer en douceur, elles vont maintenir cette protection. Bon, le problème est réglé.

Je commence à trouver qu'il y a tout de même une odeur fétide dans cette chambre et crains d'avoir d'ores et déjà une incontinence anale. Venteuse, en tout cas, avec cet intestin qui lâche des vents chauds en permanence et sans sommation. Même avec la meilleure volonté du monde, ça ne mérite pas le nom de pet. C'est tout simplement que j'ai le trou béant. Normalement, les pets ont un début et une fin, ils se fraient un chemin à grand bruit, au besoin avec une forte pression qui, dans mon cas, ne sert plus à rien : ici, les vapeurs odorantes n'ont qu'à sortir librement. L'air de la chambre est plein d'odeurs qui, en principe, devraient rester en moi jusqu'à ce que je décide de les expulser : ça sent le pus chaud, mélangé à de la diarrhée et à une odeur acide difficile à identifier, sans doute due aux médicaments.

Si quelqu'un entre dans la chambre maintenant, il en saura autant sur moi que si, en temps normal, il s'était fourré la tête dans mon cul en reniflant un bon coup.

Je suis d'excellente humeur aujourd'hui, c'est parce que j'ai très bien dormi, je crois. Le problème suivant est d'aller aux toilettes. À plat ventre, je laisse les jambes glisser lentement jusqu'au sol. Autant dire très loin. Avec ce lit trop haut, c'est compliqué. Ça y est, j'ai les pieds par terre. Je prends appui sur mes bras et redresse le buste. Me voilà debout. Ah ! Je n'ai plus qu'à me tourner et à aller comme un escargot aux toilettes – ce n'est pas la porte à côté – à tout petits pas pour ne pas avoir trop mal aux fesses. Trois mètres, et que de minutes pour penser à quelque chose de beau. Cette odeur de sauce brune délayée me rappelle des souvenirs.

Quand je sais que je vais avoir un rapport sexuel avec un mec qui aime la sodomie, je lui demande : avec *dip* au chocolat ou sans ? Je veux dire par là que certains aiment, du bout de la queue, extraire un peu de crotte, excités par l'odeur de cette merde qu'ils ont dénichée tout seuls. D'autres veulent profiter de l'étroitesse du cul, mais sans avoir la crotte. À chacun selon ses besoins ! Pour les adeptes de la propreté, j'ai commandé un accessoire sur un site d'accessoires en cuir et en métal. Une sorte de gode à l'extrémité percée de trous, en acier chirurgical, enfin allez savoir ; en tout cas ça sonne bien, l'acier, et on dirait que c'en est.

Dans la salle de bains, je dévisse tout d'abord mon amie la douchette dont le filetage a juste la bonne dimension pour mon accessoire : quelle chance que tout soit aux normes chez nous… Et c'est parti pour le lavement du gros intestin : j'enduis de lubrifiant Pjur le bout en acier, puis je me faufile hardiment à côté du chou-fleur et j'enfonce le plus possible. Enfin c'est ce que je faisais avant l'ablation du chou-fleur : désormais, ce sera beaucoup plus facile. Fourgonner à l'intérieur est follement excitant : d'habitude, ce qui me défonce le cul, c'est une queue. Serait-ce le fameux truc du conditionnement ?

Mais cet objet est plus dur et plus froid qu'un sexe. J'ouvre le robinet en grand. L'eau ne doit pas être brûlante, pas la peine de s'ébouillanter l'intérieur. Et c'est ce qu'il y a de meilleur dans ce nettoyage anal : on a l'impression d'être gonflée comme un ballon, avec une sensation de plénitude mouvante qui évoque plus les flatulences que l'eau : on a donc tendance à penser qu'on est pleine d'air et qu'on va éclater avec des litres d'eau dans l'intestin. J'ai une sacrée envie de chier.

Là, je ferme le robinet et m'accroupis dans la douche comme pour pisser. J'expulse bien fort toute l'eau de mon intestin, comme si je pissais par le trou du cul. Cette sensation rappelle le giclement d'une diarrhée liquide ou semi-liquide. Là, il faut enlever la bonde et la grille de la douche parce qu'on rejette du même coup pas mal de morceaux de merde plus ou moins gros. Je répète trois fois la manœuvre, jusqu'à ce qu'il n'y ait plus de miettes brunes dans l'eau expulsée. Aucune queue, si grosse et longue soit-elle, ne pourrait plus rien extraire d'un intestin aussi propre. Là, telle une poupée gonflable, je suis parfaitement préparée pour un coït anal version hygiénique.

Quand un mec veut tout de même un *dip* au chocolat, ça ne marche que si j'ai déjà baisé avec lui plusieurs fois. Se faire sodomiser sans lavement préalable est une grande preuve d'amour. Je dois être très en confiance avec quelqu'un avant de lui offrir un peu de merde pour sa queue. Si je ne me vide pas les boyaux juste avant un rapport, que ce soit par un lavement anal ou aux toilettes, il reste, à quelques centimètres de la sortie, de la crotte à expulser. Pour moi, rien n'est plus intime, et là, toute la pièce prend une odeur d'intestin ; en tout cas, moi, je n'arrête pas de le sentir, pour peu que le mec soit entré un petit coup et ait vaguement touché ma merde du bout du sexe. Ensuite, quand il se retire et que nous essayons une autre position, sa queue fait office de diffuseur de parfum. Senteur crottin.

Cela dit, en ce moment même, je doute fort que je puisse recommencer ce coup-là. Ou plutôt ces coups-là, le lavement excitant et la sodomie. Ce serait dommage.

J'ai réussi à atteindre la salle de douche. Pas de culotte à retirer : je me contente de retrousser mon déguisement d'ange sur le ventre en le nouant pour qu'il ne pende pas dans les toilettes. J'essaie de m'asseoir en douceur, mais en me baissant, je m'aperçois que je n'y arrive pas : la tension lacère la plaie. Je reste donc debout en écartant bien les jambes au-dessus de la cuvette, et ça fonctionne. Après tout, c'est bien comme ça qu'on pisse dans les campagnes françaises, non ? À ma gauche, au mur, il y a une barre de maintien pour les mémés, sans doute prévue pour se relever quand on n'arrive plus à décoller du siège. Je la détourne de sa fonction pour pisser debout sans tomber. À droite, je me tiens à la cabine de douche en plastique. Assez bien visé, presque tout le pipi est dans la cuvette. Quant à chier de la même façon, je n'y pense pas un seul instant. Quelle que soit la position, à vrai dire. Je ne vais même pas essayer. Il va de soi que je ne me lave pas les mains après avoir pissé. Si je pouvais m'asseoir sur la lunette, je ferais comme chez moi, je lirais les étiquettes des savons et des shampooings posés au bord de la baignoire, comme à chaque fois que je suis aux cabinets. Maman m'a d'ailleurs posé quelques petits produits sur le lavabo, dirait-on, mais je ne vais pas aller jusque-là. Je connais déjà par cœur plusieurs étiquettes lues dans ma salle de bains, à la maison. Mon étiquette préférée est celle d'un produit que Maman met dans son bain : « vivifiant et tonifiant. » Aucune idée de ce que ça veut dire. Vivifiant, d'accord. Mais tonifiant ? Le tonus, Maman n'en manque jamais, et ce n'est pas beau à voir. Depuis que ce mot fait partie de mon vocabulaire, je dis à mon frère Toni qu'il est du genre tonifié, ce qui ne l'amuse pas, contrairement à moi.

Hâtons-nous lentement de retourner au lit.

Chaque trajet me prend un temps fou. Jamais je n'aurais cru que le trou de balle était autant sollicité par la marche. À cette allure de tortue, j'ai le temps de réfléchir à tout ce que je veux faire aujourd'hui. Mon père et ma mère vont certainement venir me voir, et je vais les remettre ensemble. Il faut aussi que j'arrange ma collection de noyaux d'avocat et que je les arrose. Il me faut trouver une bonne cachette pour les noyaux, sinon on va me les enlever. Arrivée à la hauteur du tableau cul bénit, je le décroche pour l'emporter vers mon lit : il tient juste entre la table de nuit et le mur, où personne ne peut le voir. Magnifique, cette chambre d'athée. Crevée, je grimpe sur le lit comme une impotente. Quoi, des gouttes sur le sol ? Toute une traînée qui va de la douche au lit, en faisant un crochet vers le mur. Ce sont des gouttes de pipi. Je ne me suis pas essuyée, je ne le fais jamais. D'habitude, ça coule dans ma culotte ou le reste, mais là, comme je n'ai rien, tout se retrouve par terre. C'est rigolo. Je ne peux tout de même pas me lever pour essuyer : j'aurais bien du mal à refaire le chemin et de toute façon, hors de question de m'accroupir. Ces gouttes resteront donc là, j'en compte douze jusqu'à la porte. Les gouttes numéro neuf et dix, attrapées par le soleil, ont l'air de deux petits cercles découpés dans du papier alu ou quelque chose d'encore plus beau. Mon père, en bon scientifique, m'a expliqué que presque tous les rayons lumineux se brisent en entrant dans une goutte : cette dernière a donc l'air de retenir la lumière captive. Quant à la lumière restante, elle est réfractée par la surface, d'où cette brillance. On frappe. Des chaussures orthopédiques longent la route du pipi ; les chaussettes sont d'un blanc immaculé. Chez nous, à la maison, rien ne reste blanc. Après un seul lavage, le blanc a déjà une nouvelle couleur qui tire sur le rose sale ou le gris brun. D'autres personnes viennent piétiner toutes les gouttes. Tout le monde a du pipi sous ses chaussures orthopédiques. Voilà qui cadre tout à fait avec mon humour : je les imagine en train de trimballer ça dans plusieurs services, toute la journée, en marquant mon territoire. Que font-ils, ceux-là, à part démolir les routes du pipi tracées par les demoiselles ?

Ah, ce sont des médecins, des internes et j'en passe, qui font une visite éclair. Au chocolat ? Ils m'ont déjà dit bonjour et posé des questions, alors que je pensais à autre chose. Je ne vais pas m'en priver. Le meilleur endroit pour ma collection d'avocats serait sans doute le rebord de la fenêtre, à cause de la lumière. Il suffirait de la cacher pour qu'on ne la voie pas en entrant dans la pièce.

Je capte tout de même une phrase : « Une fois qu'elle aura réussi une selle, elle pourra rentrer chez elle. » Ah d'accord, on doit parler de moi, la reine des selles. D'autant que c'est Notz, tiens, je ne l'avais pas remarqué, parmi tous ces médecins. Vais-je demander à quelqu'un d'arroser mes verres à noyaux ? J'aurais bien du mal à faire des allées et venues jusqu'aux avocats, ça me prendrait plusieurs jours, au rythme où je marche. J'ai des verres pour mes noyaux, et même un en plus pour mon eau gazeuse. On pourrait s'en servir pour arroser, en faisant un va-et-vient permanent entre le rebord de la fenêtre et le lavabo. Non, j'y suis : je vais prendre l'eau gazeuse pour les noyaux puisque les infirmières m'en remettent sans cesse. Et là, plus besoin de demander de l'aide, j'y arrive toute seule. Parfait, mes bébés noyaux auront de l'eau minérale de première qualité, riche en calcium, en magnésium, en fer et j'en passe et des meilleures. Ils vont bien pousser, avec tout ça.

Tous les médecins ressortent, ils vont porter la bonne parole de mon pipi. Je peux enfin me mettre au travail.

J'attrape la petite boîte dont Maman s'est servie pour transporter les noyaux. Je dois d'abord sortir les verres emballés dans du papier journal, précaution tout à fait excessive. Comme la conduite de Maman : au pas et arrêt complet à chaque ralentisseur.

Pour ne pas esquinter les essieux, dit-elle. C'était valable autrefois, mais les voitures d'aujourd'hui sont tellement insensibles aux chocs qu'on peut foncer comme un dingue sur ces dos-d'âne. Sans conséquences, d'après mon père.

Je pose les huit verres tout à droite du rebord de fenêtre et j'y suspends mes huit noyaux, chacun piqué de trois cure-dents. J'y verse de l'eau gazeuse jusqu'aux deux tiers des noyaux.

On va bien voir comment ils ont supporté le transport et une journée plus une nuit sans eau. C'est leur premier voyage. Il me faut de quoi les protéger des regards indiscrets. Il y avait bien un livre dans le tiroir de ma table de nuit. Je l'ouvre : la Bible. Il fallait s'y attendre. Ces chrétiens, ils essaient vraiment de la fourguer partout. Avec moi, ils n'ont aucune chance : la Bible, c'est tout juste bon à faire écran. Je la pose devant mes noyaux d'avocat, ouverte et dans le mauvais sens, pour que la croix se retrouve à l'envers. Voilà qui pourrait les fâcher, vu que c'est de mauvais augure. Peu importe ce que ça veut dire.

Pour faire un toit à ma petite cabane à noyaux, je pose le menu de la semaine : personne ne verra mon secret, même d'en haut. Et de toute façon, je n'ai droit qu'au pain complet et au muesli.

Ma famille est installée. Grâce à cette collection, je me sens un peu chez moi. Avec mes noyaux, j'ai toujours de l'occupation : remettre de l'eau, la changer, photographier leur croissance. Enlever de temps à autre les sécrétions visqueuses, supprimer les pousses mortes ou malades pour qu'il y en ait de nouvelles. *Et cætera*.

Le téléphone sonne. D'où me vient cet appel ? Des anges verts ? Qui paie ? Doit-on payer, d'ailleurs ? Il faut que je tire ça au clair. Je décroche.

— Allô ?

— C'est moi, Maman.

Papa et Maman veulent me rendre visite aujourd'hui, en s'arrangeant pour que ce ne soit pas à la même heure.

J'aimerais tellement que mes parents se retrouvent dans la même pièce et qu'ils me rendent visite ensemble. J'ai un plan.

Maman me demande :

— Ton père vient à quelle heure ?

— Tu veux dire ton ex-mari que tu as tant aimé ? À quatre heures.

— Alors je viens à cinq heures. Tu le feras partir avant ?

Je dis oui en pensant le contraire. Dès que j'ai raccroché, j'appelle Papa et je lui dis que ça m'arrangerait qu'il passe à cinq heures.

Papa arrive à cinq heures avec un livre sur les limaces.

Je lui demande pourquoi, pensant qu'il s'agit d'une allusion à mon trou du cul. Il croit que je m'intéresse aux limaces, car un jour, je lui ai posé des questions là-dessus. Si je l'ai fait, c'est parce qu'avec Papa je ne peux parler que de sujets bidons.

Pas des vrais sentiments ni des vrais problèmes. Il n'a jamais appris à le faire. Nous nous étendons sur les plantes, les animaux, la pollution… Jamais il ne me demandera de nouvelles de ma plaie manifestement béante. Je ne vois pas de quoi je pourrais lui parler. Tout le temps qu'il passe sur sa chaise au pied du lit, j'attends qu'on frappe et que Maman entre. Je déteste les silences gênants, mais pour me mettre à l'épreuve, j'essaie de tenir le coup. Sur ce point, Papa est l'interlocuteur parfait : il ne dit rien, sauf si je lui pose une question. À croire qu'il n'en éprouve pas le besoin. Nous échangeons des regards, le silence est intenable. Son regard n'a pourtant rien de désagréable, en fait, il est très affectueux et tranquille. C'est Maman qui l'a quitté. Pourquoi ? Je ne sais pas. Un jour, je pourrais tout bonnement poser la question. J'ai peut-être peur d'entendre la réponse. En tout cas, on ne saurait quitter l'autre du simple fait qu'il reste vissé sur sa chaise à vous regarder sans rien dire. On doit avoir une raison plus valable. Peut-être qu'elle a cessé de l'aimer. Voici une excellente promesse à faire à l'autre : si tu veux, je resterai avec toi, même si je ne t'aime plus : ça, c'est une promesse. Pour toujours.

Pour le meilleur et pour le pire. Et il faut croire que le pire est arrivé quand on ne s'aime plus. Alors que rester avec l'autre tant qu'on l'aime encore, ça ne tient pas la route quand on a des enfants.

Maman est en retard. À six heures, elle n'est pas encore arrivée. Papa s'en va. Encore raté ! Ils se repoussent comme deux aimants qu'on voudrait assembler.

Mon but, c'est qu'ils se voient, et que bien des années après leur divorce, ils retombent fous amoureux l'un de l'autre. Et se remettent ensemble. Hautement improbable, mais ça s'est déjà vu. Je l'affirme sans trop savoir.

Entre le départ de Papa et l'arrivée de Maman, il se passe un certain temps. Avec Maman, je parle encore moins qu'avec Papa. Elle se dit que je suis de mauvais poil à cause de son retard. Éternelle mauvaise conscience des mères actives. Elle ne se doute pas de ce que je sais, moi : qu'elle vient de rater son remariage. Je passe mes nerfs sur elle, et si ça l'amuse, elle peut toujours se persuader que la douleur me rend infecte.

Sa visite a été bien plus courte que celle de Papa. Par ta faute, Hélène.

Ils reviendront demain, et je ferai une nouvelle tentative. Plus je reste à l'hôpital, plus j'ai de chances de les réunir. Mon seul chez-moi est chez ma mère, et Papa n'y viendrait jamais. Mon autre chez-moi est chez mon père, et Maman n'y viendrait jamais.

Il vaudrait donc mieux éviter de provoquer l'arrivée des selles. Pour ma guérison, il serait certes préférable d'en avoir bientôt, à en croire les médecins. J'y suis : je pourrais avoir des selles en cachette et ne le dire à personne. Et là, je pourrais rester longtemps à l'hôpital sans avoir à me soucier à la fois de moi et de mon arrière-train.

C'est exactement ce que je vais faire. Je pourrais même provoquer une autre opération en me blessant une nouvelle fois, ce qui me permettrait de me rapprocher très lentement de mon objectif.

Je vais sûrement trouver une idée. Dans ma sinistre chambre d'athée, j'ai tout le temps d'imaginer n'importe quoi. Mes parents y sont restés très peu de temps à chaque fois. Je ne parle pas assez aux autres. Si je m'en aperçois, c'est parce que je me mets à ruminer et à avoir mauvaise haleine, c'est de pire en pire. Quand je n'ouvre pas la bouche pour l'aérer et que ma cavité buccale reste fermée, les débris alimentaires se mettent à fermenter avec la salive chaude. C'est ce qui fait qu'on pue du bec le matin au réveil. Toute la nuit, la bouche est une boîte de Petri parfaite pour toutes les bactéries qui peuvent y pulluler en décomposant les débris alimentaires. C'est ce qui commence à m'arriver : il faut absolument que je parle à quelqu'un. Sonnette d'alarme. Robin entre. Il faut que j'imagine une raison d'avoir sonné. Ah oui, une question.

— Quand est-ce que l'anesthésiste me donnera mon doseur ?

— En fait, tu devrais déjà l'avoir depuis un bout de temps.

— D'accord, donc c'est pour très bientôt, mais on ne sait pas quand. Sinon, je t'aurais bien demandé des comprimés, la douleur commence à revenir.

Mensonge justifiant le coup de sonnette. Il a déjà la main sur la poignée de porte.

— Et toi, Robin, tu vas bien ?

Voilà du Hélène tout craché. L'infirmier, c'est quand même lui, non ? Mais je me dis qu'il faut prendre soin de lui, rendre son service agréable…

— Oui, moi, ça va. J'ai pas mal repensé à ta plaie et à ton côté cool. J'en ai parlé à un copain. Pas de problème, il ne travaille pas à l'hôpital. Lui, il pense que t'es exhibitionniste ou un truc du genre.

— J'aime me montrer nue, c'est vrai, comme je le dis toujours. C'est grave ?

— J'aimerais bien qu'il y ait plus de filles comme ça. Par exemple celles que je rencontre en boîte.

Pour alimenter la conversation et, qui sait, pour exciter Robin et me l'attacher, je lui raconte mon grand classique pour les sorties.

— Tu sais ce que je fais chaque fois que je vais en boîte ?

Quand j'ai rendez-vous avec un mec avec qui je veux baiser le soir même, j'ai inventé un super-truc pour lui prouver que l'initiative de la baise me revient. Et que tout ce qui va suivre n'est pas le fait du hasard. Ce genre de soirées débute toujours de façon incertaine, on le sait bien. Est-ce que les deux veulent la même chose ? Est-ce que la soirée va déboucher sur un rapport sexuel ? Ou est-ce que c'était pour des prunes ? Pour annoncer nettement la couleur, avant d'y aller, je découpe un grand trou dans ma culotte pour découvrir les poils et les grandes lèvres. Et avoir le millefeuille à l'air. Il va de soi que je porte toujours une jupe. Ensuite, quand le type me pelote et que je me transforme en fontaine, son doigt, après s'être arrêté un certain temps sur les seins, descend vers le haut des cuisses. Il se dit qu'il va devoir frôler laborieusement ma culotte, de peur que je n'aie pas envie d'aller plus loin. Faut dire qu'on évite le sujet quand on vient de se rencontrer. Et là, au moment où il s'y attend le moins, son doigt tombe pile sur ma chatte dégoulinante.

Les garçons réagissent tout de suite à ce cadeau. Le doigt fait un infarctus, il reste coincé un petit moment. Il tripote un peu autour, incrédule. Le mec pense d'abord que je n'ai pas de culotte. Puis, après avoir tâté le slip troué comme dans un jeu tactile, il comprend que j'ai préparé ce bricolage plusieurs heures à l'avance. Sourire gras et lubrique de mon futur partenaire. Sexuel bien sûr.

Rien qu'en le lui disant, j'attrape chaud, moi aussi. Qu'est-ce qui me pousse à lui en parler, au juste ? C'est sans doute son compliment du début qui m'a fait perdre les pédales. Ah, cette Hélène, il faut toujours qu'elle en rajoute !

La bouche entrouverte, Robin reste planté là. Mon histoire a fait son petit effet : je vois comme un renflement sous son pantalon blanc. Pendant notre conversation, on n'a pas arrêté de sonner dans le couloir. D'autres patients ont besoin de Robin. Pour autre chose.

— O.K., alors à plus. Et le voilà parti.

Je l'ai troublé. C'est une sorte de sport : il faut toujours que je sois la plus délurée de la bande. Cette fois, j'ai gagné. Il faut dire que l'adversaire n'était pas redoutable, il n'y a pas eu de vraie compétition. Mais une sorte d'éruption.

Je suis curieuse de savoir les effets de ma sortie : osera-t-il encore me regarder dans les yeux ? Je me mets toujours dans de sacrées situations… Se peut-il qu'un homme de l'hôpital, jeune ou vieux, beau ou laid, m'attire sexuellement du simple fait que je n'ai personne d'autre sous la main ?

Je respire plusieurs fois par le nez pour calmer ma respiration : ça va déjà beaucoup mieux. À quoi bon se donner la peine de se lever et de se brosser les dents quand, pour faire entrer de l'air frais dans la cavité buccale, il suffit de sonner et de débiter des saloperies ?

Autrefois, quand un gamin disait un vilain mot, on lui nettoyait la bouche au savon. Est-ce qu'on le faisait pour de bon, ou était-ce une simple menace ? Faudra que j'essaie un jour de dire un gros mot et de me savonner l'intérieur de la bouche. Ensuite, je pourrai faire figurer ça dans les annales de ma vie. Une fois, je me suis vaporisé du gaz paralysant sur le visage, parce que je voulais savoir comment ça fait, pour l'inscrire dans ce livre de ma vie. Au moins, je sais maintenant que ce gaz n'a rien de paralysant. Je n'ai pas perdu connaissance. On a les yeux qui se mettent à pleurer et ça ne s'arrête pas tout de suite. On tousse copieusement et on perd des tonnes de salive. Il faut croire que ce gaz stimule la salivation. Je m'embête ici. D'où ces pensées-là. J'essaie de me distraire avec de vieilles histoires, de m'amuser moi-même pour oublier à quel point je suis seule. Échec. La solitude me fait peur. Encore un des maux dont souffrent les enfants de divorcés.

Je coucherais avec le premier crétin venu pour éviter d'être seule ou même de dormir seule une nuit entière. N'importe qui c'est déjà mieux que personne.

Mes parents n'ont pas voulu ça quand ils se sont séparés. Un adulte ne voit pas si loin lors d'une séparation.

Je me couche bien à plat sur mon oreiller, et je regarde au plafond où la télé est accrochée. J'y suis : je vais jouer au fameux jeu « Devine qui cause dans le poste ». Je sors la télécommande du tiroir et j'allume la télé. Pour régler la touche de la luminosité, j'appuie sur le moins jusqu'à ce que l'écran soit tout noir, je monte le son et je me balade d'une chaîne à l'autre. Il s'agit de deviner qui parle, rien qu'en écoutant la voix ; ça ne marche d'ailleurs qu'avec les gens connus. Ce jeu, je m'y suis mise parce que la télé, même si j'avais tout le temps envie de la regarder pour lutter contre la solitude, m'énervait de plus en plus. En particulier pour la raison suivante : dans les séries, quand une femme se lève après un rapport sexuel, elle se cache les seins avec le drap. Je ne supporte pas. Ces deux-là viennent de s'enfiler, et elle se cache les nibards ! Ce n'est pas à lui qu'elle les cache, mais à moi. Et je suis censée croire à leur histoire, alors qu'ils me rappellent à tout bout de champ que je suis devant la télé ? Dès que l'homme se lève, on ne le filme que de dos. C'est très agaçant, et du coup, la télé a perdu une téléspectatrice. Les seules actrices qui montrent leurs nichons à la télé sont des inconnues. Quand il y en a une qui se balade seins nus, on peut être sûr que personne ne la connaît. Les stars ne se dévoilent jamais. On nous en joue, une comédie… Maintenant, je ne regarde plus la télé, je l'écoute pour jouer aux devinettes. Avant, j'étais meilleure. Quand j'étais petite, je la regardais beaucoup, et j'étais carrément incollable.

Fixant l'écran noir, j'essaie de me concentrer sur la voix qui parle en ce moment. Aucune idée. J'éteins la télé. Plus envie de jouer. À deux, c'est bien mieux ; je le proposerai à Robin quand il aura le temps. Autant dire jamais !

À quoi peut-on encore jouer dans cette chambre ? Tiens, une idée.

Je m'étends bien à plat sur l'oreiller et rejette la tête en arrière : je n'ai jamais regardé juste au-dessus de moi, or c'est de là que vient cette lumière éblouissante ! Plusieurs tubes de néon sont fixés au mur, il y en a toute une rangée. Pour qu'ils ne vous aveuglent pas complètement, ils sont placés dans une sorte de cache en bois. Dans les veines du bois, je ne vois que des chattes. Chaque fois que j'observe la veinure d'une planche, je distingue des minettes de toutes les formes et de toutes les tailles, par exemple à la maison sur la porte de ma chambre. Les portes sont faites de minces lattes collées de façon symétrique. Exactement comme ce que je fabriquais en cours de dessin, quand j'étais petite. Il suffit de barbouiller au milieu d'une feuille avec de la peinture à l'eau, de la plier en deux, d'appuyer un peu, de la rouvrir, et voilà une chatte. Je m'efforce de déceler autre chose sur le cache des néons, mais non, il n'y a que des chattes ! Je tire la sonnette. Que pourrais-je bien vouloir ? Vite, imagine un truc.

On frappe, la porte s'ouvre. Une infirmière entre. Non, en fait, elle est d'abord entrée, et ensuite, elle a frappé. Je suis tellement polie avec cette lourdaude que j'ai interverti les deux actions en sa faveur. C'est sûrement Robin qui l'envoie, puisque je l'ai troublé : j'en subis les conséquences. Cette infirmière s'appelle Margarete, c'est écrit sur le badge de sa poitrine. J'ai d'abord regardé ses seins, puis son visage, je procède souvent dans cet ordre. Son visage me fascine, il est atrocement net. C'est, selon le mot consacré, une femme soignée.

Comme si ça avait une valeur en soi… Au lycée, les élèves de ce genre, on les appelle des filles de médecin, quelle que soit la profession de leur père. Je ne sais pas comment elles s'y prennent, mais elles ont toujours l'air mieux lavées que les autres. Tout en elles est propre et travaillé. La moindre partie de leur corps a fait l'objet d'un soin particulier.

Ce dont elles ne se doutent pas, c'est que plus elles se soucient de ces détails, plus elles manquent de souplesse : leur maintien devient rigide et peu sexy, comme elles ont peur d'abîmer leur travail.

Les femmes soignées se font des coiffures, les ongles, les lèvres, les pieds, le visage, la peau et les mains. Tout est teinté, allongé, maquillé, gommé, épilé, rasé, enduit de crème.

Ces empotées se prennent pour une œuvre d'art totale. Elles savent tout le boulot qu'il y a derrière, et souhaitent le faire durer le plus longtemps possible.

Or ces femmes-là, personne n'ose les peloter ni les baiser.

Tout ce qui fait sexy, les cheveux en bataille, les bretelles qui glissent sur l'épaule ou le visage en sueur, c'est négligé, mais ça donne envie de toucher.

Margarete me jette un regard interrogateur : qu'est-ce qu'il y a ?

— J'aurais besoin d'une poubelle pour mes compresses de gaze qui sont sales. Si je les pose sur la table de chevet, ça ne va pas sentir la rose, dans la chambre.

Très convaincante, Hélène, bien joué.

Pleine de compréhension pour la soif d'hygiène que je viens de simuler, elle répond « bien sûr » avant de sortir.

J'entends du bruit dehors, il se passe quelque chose. Sans doute rien de palpitant, la routine de l'hosto. La distribution du dîner, je parie. Ici, on est soumis à un emploi du temps strict, conçu par un déséquilibré. Dès six heures du matin, les infirmières s'agitent dans le couloir en faisant du boucan. Elles entrent avec du café, veulent nettoyer la chambre, vous nettoyer. On est pris dans une ruche pleine d'abeilles industrieuses qui volent dans tous les sens en vaquant à je ne sais quelle occupation. Très bruyamment les trois quarts du temps. Les malades n'ont qu'une envie, c'est de dormir, or c'est justement ce qui n'est pas permis. Si je veux rattraper des heures de sommeil après une mauvaise nuit – et à l'hôpital elles le sont toutes – huit personnes au minimum se liguent contre moi et mon besoin de sommeil. En entrant dans une chambre, aucun employé de l'hôpital ne se soucie de savoir si son occupant dort. Tout le monde se contente de crier « bonjour ! » en faisant le plus de bruit possible. On pourrait être prévenant, laisser tomber le « bonjour » et vaquer tranquillement à son activité. Ici, ils sont contre le sommeil. J'ai entendu dire qu'il ne faut pas laisser les dépressifs dormir trop longtemps, sinon leur dépression s'aggrave. Sauf qu'ici on n'est pas dans un asile psychiatrique. Parfois, j'ai l'impression qu'avec leur manie de réveiller tout le monde, ils vérifient que les patients sont encore en vie. Dès que l'un d'eux pique du nez, il faut l'arracher à une mort certaine. « Bonjour ! »

Des gens entrent et sortent, chacun me demande un peu de compréhension. En fait, il faut tous les comprendre. Voilà comment le monde fonctionne.

L'infirmière revient avec une petite poubelle chromée qu'elle pose sur ma table de nuit. Elle actionne la pédale noire en plastique avec la main, le couvercle se lève, et je mets à la poubelle la compresse sale que j'avais entre les fesses. La façon que Margarete a d'appuyer sur la pédale est également caractéristique des femmes soignées : elle fait très attention à ses ongles. Et ne touche les choses qu'avec la pulpe des doigts. C'est drôle... Bon, quand on vient de se vernir les ongles, on fait attention à ne pas les heurter avant la fin du séchage. Mais certaines femmes, même les ongles secs, ont toujours un comportement de sainte nitouche, l'air d'être dégoûtées par tout ce qui les entoure.

— Merci bien. Pour ce qui est de l'hygiène, je suis un peu spéciale, fais-je avec un grand sourire.

Elle opine du bonnet sans savoir. Elle se figure que je veux garder ma chambre propre : soit cette odeur me gêne, soit j'ai honte de l'aspect des compresses que j'extirpe de mes fesses comme par enchantement. En fait, mon côté spécial, c'est que je me contrefous de l'hygiène et méprise les maniaques de l'hygiène, les gens propres sur eux et aseptisés comme elle.

Mais qu'est-ce qui m'arrive, pourquoi m'énerve-t-elle ? Elle ne m'a pourtant rien fait jusqu'à présent.

C'est tout de même moi qui me suis fichue d'elle avec mon histoire de poubelle, et non le contraire. Quand je méprise quelqu'un sans raison valable et que j'ai une envie folle de lui taper dessus ou de lui régler son compte verbalement, c'est en général que mes règles s'annoncent. Manquerait plus que ça.

Margarete dit : « Voilà, amusez-vous bien avec votre nouvelle poubelle. »

C'est ça, merci bien, t'as bouffé du clown, toi...

Du sang, j'en ai assez perdu par le postérieur, et ma plaie au cul m'occupe suffisamment : alors s'il faut, par-dessus le marché, stopper l'écoulement des règles… Mis à part le léger énervement que j'éprouve peu avant mon cycle, je ne trouve rien à redire aux règles. Quand je les ai, il m'arrive d'être particulièrement excitée.

C'est une des premières blagues cochonnes que j'aie entendues, toute petite, à une soirée chez mes parents : un bon pirate cingle aussi vers la mer Rouge. Pour la comprendre, j'ai dû poser pas mal de questions.

Autrefois, c'était répugnant pour un homme de baiser une femme qui perd du sang. Apparemment, les temps ont bien changé. Quand je baise avec un mec qui aime que j'aie mes règles, nous salopons le lit façon gore.

Je préfère qu'il y ait des draps bien blancs et tout propres, si j'ai la possibilité d'influencer les choses. Et je change très souvent de position et d'emplacement dans le lit afin de bien étaler le sang partout.

Je privilégie les positions assises ou accroupies, laissant à l'attraction terrestre le soin de me vider la chatte de son sang : si j'étais étendue, il ne pourrait guère que s'y accumuler.

J'adore aussi qu'on me lèche quand je perds du sang. Il est vrai que c'est un moyen de tester le courage de son partenaire : quand il a fini de lécher et qu'il lève les yeux, je l'embrasse pour que nous ayons l'air de deux loups venant de déchiqueter un chevreuil.

J'aime bien aussi avoir le goût du sang dans la bouche quand nous continuons à baiser. Pour moi, c'est très excitant, et je suis souvent triste quand mes règles cessent, après deux ou trois jours passés dans la gueule du loup.

Il faut dire que j'ai de la chance : d'autres filles me disent qu'elles ont des douleurs pendant plusieurs jours. Pas très pousse-au-sexe.

Mais peu avant, je suis d'une humeur massacrante, comme maintenant, et je deviens extrêmement agressive à l'égard des gens qui ne m'ont rien fait. Puis le sang se met à couler sans que je souffre, sans la moindre crampe.

Autrefois, quand j'étais encore novice, j'y ai même cru à cette mauvaise humeur. Ensuite, j'ai été surprise par l'arrivée du sang, au collège : une tache bien visible derrière ma robe, puisque j'étais assise.

C'est qu'on est souvent assis, à l'école. Même scène au cours d'une visite chez ma tante pour voir la famille. Je devais y dormir et je ne me sentais pas bien, sans savoir pourquoi.

Le lendemain, en me levant, j'ai vu que j'avais complètement souillé le lit. Une mare de sang. À ce moment-là, je n'étais pas assez détendue pour aller dire à ma tante que j'avais eu un petit ennui. Selon moi, je n'y étais pour rien.

Pendant mon sommeil, je ne m'étais aperçue de rien. Et je ne savais pas non plus comment raconter l'épisode. J'avais décidé de ne rien dire du tout. Je suis repartie le lendemain comme prévu, et je lui ai laissé ce cadeau sans commentaire.

Elle est sûrement allée faire le ménage dans la chambre, et elle s'en est aussitôt rendu compte. Je n'avais même pas caché la flaque sous la couverture, et des litres de rouge s'offraient à l'inspection de ma tante. Depuis, je suis très coincée quand elle est dans les parages, d'autant qu'elle n'a jamais abordé le sujet.

Typique de la famille !

Et quand je la vois, je ne pense qu'à ça, la honte me donne des bourdonnements d'oreilles.

Là encore, s'agissant des règles, je ne fais aucun cas de l'hygiène. C'est très surfait. Les tampons sont chers et on peut s'en passer. Ces jours-là, aux toilettes, je fabrique mes propres tampons en P.Q., et j'en suis très fière.

J'ai mis au point une technique spéciale d'enroulement et de pliage qui leur permet de rester longtemps à l'intérieur et d'éponger le sang. Ces tampons en P.Q., reconnaissons-le, ont plutôt tendance à boucher la chatte et à bloquer le flux, à la différence de ceux du commerce qui sont plus absorbants. J'ai demandé à mon gynéco, le docteur Brökert, si c'était mauvais pour la chatte que le sang s'y accumule un certain temps avant de s'écouler dans les toilettes quand on est assise. Selon lui, l'idée que les règles ont pour fonction de purifier l'organisme est une superstition largement répandue. D'un point de vue médical, mon barrage à ragnagnas est donc sans danger.

Quelquefois, je suis allée le voir parce que j'avais perdu un tampon à l'intérieur. J'étais tout à fait certaine d'en avoir mis un, et il était introuvable quand j'ai essayé de le retirer. Autre petit inconvénient de mes tampons maison, ils n'ont pas la petite ficelle turquoise servant à les enlever. J'ai les doigts plutôt courts, et quand je cherche quelque chose dans ma chatte, je ne vais pas très loin. Chaque fois que je me suis trouvée dans cette situation chez Papa, j'ai dû utiliser son élégante pince à barbecue pour aller à la recherche du tampon perdu.

La plupart du temps, elle était pleine de graisse et de bouts de viande carbonisés. Mais pas question de prêter le flanc à la critique en nettoyant cette pincette en bois avant de me l'enfiler. Je m'étends sur le dos comme chez le gynéco, en essayant tant bien que mal de dénicher la boulette de P.Q.

Mais même avec cet instrument plein de restes de grillades, je reste souvent bredouille. De même que je ne nettoie pas la pince avant de l'enfourner, je ne la lave pas davantage avant de la balancer sur le barbecue de Papa après mon intervention gynécologique. Quand il prépare un barbecue pour les amis de la famille, je rigole doucement.

J'adore demander à tout le monde si c'est bon, et je fais coucou à mon père qui, en train d'officier, me rend mon salut d'un coup de pincette, en souriant. C'est mon troisième passe-temps, la diffusion des bactéries.

Et quand je ne suis arrivée à rien avec la pincette et que j'ai peur que ma boulette sanglante ne pourrisse, je vais chez le gynéco pour échapper à une mort atroce à la suite d'une infection.

Il appelle ça le mystère du triangle des Bermudes. Quelquefois il peut m'aider, mais la plupart du temps, il ne trouve rien lui non plus. Il a beau avoir des doigts vraiment longs et beaucoup de pincettes en acier chirurgical, il ne retrouve pas la boulette.

— Êtes-vous sûre d'avoir introduit un tampon ?

C'est mignon, cette expression, moi je dis plutôt que je m'en suis foutu un.

— Oui, tout à fait.

Selon lui, je suis une véritable énigme. Ma chatte en est une pour moi aussi : va savoir où ce tampon est allé se fourrer. J'espère qu'au fil des ans j'arriverai à élucider ce mystère. Le docteur Brökert vérifie même aux ultrasons que rien ne se cache tout au fond.

Souvent, j'ai la flemme de fabriquer de nouveaux tampons : ces fois-là, je ne jette pas le vieux tampon chaque fois que je vais aux toilettes, mais une fois assise, je l'extirpe et le pose par terre. Plus le sol est sale, mieux c'est.

Et si je contribue aux salissures par une tache de sang, c'est parfait. Quand j'ai fini ma petite ou grosse commission, je ramasse la boulette et je me la fous dedans. J'aime l'odeur du sang corrompu qui coule de la chatte à grands flots, et j'adore les truffes. J'ai dû entendre des histoires atroces sur ce qui se passe quand on ne renouvelle pas en permanence son tampon, comme quoi on attrape les pires infections, quand on n'en meurt pas subitement. Depuis que j'ai mes règles, donc depuis six ans, je me débrouille comme ça avec ma chatte et mes bactéries, et mon gynéco ne s'en fait pas pour moi.

J'avais une amie intime, Irène, que j'appelais toujours Sirène : ça lui allait mieux. Et un beau jour, on a trouvé une super-idée : quand nous avions nos règles en même temps – ce qui était très rare, comme on peut l'imaginer – voici ce que nous faisions.

Chacune dans une toilette. Une simple cloison entre nous. Dessous, l'habituel vide de dix centimètres. On retirait toutes les deux notre tampon – taille mini à l'époque, et encore avec une petite ficelle turquoise – et au signal un, deux, trois, on le jetait à l'autre, sous la cloison.

Et après avoir essuyé son pipi, chacune se fourrait dans le sexe le tampon de l'autre. Nous étions donc liées par notre vieux sang puant, comme les Indiens dans les feuilletons. Sœurs de sang.

Je trouvais aussi que le tampon de Sirène était très intéressant à regarder. Je l'examinais toujours de près avant de l'enfoncer. Il était très différent du mien. Est-il une fille qui sache à quoi ressemblent les tampons usagés des autres ? Bon, d'accord, qui a vraiment envie de le savoir, à part moi ? Eh bien moi, je le sais.

Récemment, lors d'une de mes excitantes virées au bordel, j'en ai encore appris sur les saignements et les tampons. Je vais assez souvent au bordel pour explorer le corps féminin. Je ne peux tout de même pas demander à ma mère ou à une copine si elles sont prêtes à m'ouvrir un peu leur chatte pour apaiser mon ardente soif de savoir. Je n'oserais pas.

Depuis que j'ai dix-huit ans, j'ai le droit d'entrer dans un bordel en montrant une pièce d'identité. Comme je fais beaucoup plus jeune que mon âge, ils veulent toujours vérifier. À ma majorité, ma vie s'est nettement améliorée. Elle est aussi devenue plus coûteuse : d'abord la stérilisation, neuf cents euros anesthésie comprise. Dans cet hôpital. Payés de ma poche. Plus toutes mes visites au bordel. Cet argent, je le gagne toute seule au marché, sur le stand du raciste.

Les garçons de dix-huit ans se font toujours inviter au bordel par des gens plus vieux qu'eux, pour un premier contact avec une pute. Autrefois, c'était même à coup sûr leur première expérience. Les temps ont bien changé.

J'ai sagement attendu mon dix-huitième anniversaire et personne ne m'a invitée. J'ai donc tout fait par moi-même. J'ai cherché le numéro des bordels de la ville que j'ai tous appelés en demandant poliment s'il y avait des putes qui montaient aussi avec des femmes. On n'en voit pas tous les jours.

Et j'ai trouvé un claque qui avait un grand choix de putes prêtes à le faire avec des filles, le Sauna Oasis. Au téléphone, la mère maquerelle m'a dit qu'il valait mieux que je passe en début de soirée, les michetons étant souvent très irrités par les clientes de sexe féminin. Faut-il dire « michetonnes » ? Aucune importance.

J'ai compris ce qu'elle voulait dire, et maintenant je suis une habituée.

Je voulais aller voir une pute que j'avais choisie dans le salon, à l'entrée. Tout à fait comme moi, en version noire. Enfin je veux dire qu'elle avait le même châssis : mince, petits seins, bon gros cul. De petite stature. Avec de très longs cheveux lisses, artificiels je crois, plein de petites tresses fixées à ses propres cheveux. Je suis allée vers elle, sachant qu'elle le faisait aussi avec des femmes. Je n'avais donc pas à le lui demander. Au bordel, si j'annonce ma venue, je ne tombe que sur des femmes susceptibles de monter avec moi. Toutes celles qui ne veulent que des hommes – peut-être pour des raisons religieuses, allez savoir – se cachent dans la pièce du fond pendant que je fais mon choix. J'aborde donc cette fille avec toute la détermination dont je suis capable. Dans le contexte du bordel, je suis tout sauf impériale, et ça ne m'étonne pas que les types doivent se bourrer la gueule à mort avant d'oser y entrer. Ni qu'ils aient du mal à bander. Ni qu'après, ils oublient ce coup qui n'est pas donné. On a vraiment l'impression de faire quelque chose de follement interdit, d'être en pleine débauche. Moi aussi, j'aimerais bien être fin bourrée pour y aller, mais j'aurais peur de ne plus me souvenir, après-coup, de l'aspect des chattes. Ce serait du gâchis, car en fin de compte, mon but est bien d'étudier des chattes. J'y vais donc toujours sans avoir bu : je respecte énormément les femmes qui y sont, et cette situation. J'aime bien penser au jour où j'aurai changé, où je me serai faite à l'idée d'être une michetonne. Pour l'instant, j'ai toujours une boule dans la gorge et des palpitations. Il me faut pas mal de temps avec une fille pour me détendre. Je lui demande comment elle s'appelle.

« Milena ». Je lui dis mon nom aussi. Elle me demande devant toutes les autres putes si j'ai mes règles. Comment peut-elle l'avoir deviné ? Je crois que je le sais : elle l'a senti à travers mes vêtements. Au lycée, j'avais une camarade d'origine polonaise avec un tel flair que, de sa place, elle déterminait qui avait ses règles dans la classe. Cette fille me fascinait, à l'époque, c'était un limier dont les aptitudes me mettaient en joie. Je lui demandais presque tous les jours qui perdait du sang. Mais elle souffrait de le savoir, elle était dégoûtée par les filles qui saignaient.

Par cette promiscuité. Elle est malheureusement repartie en Pologne. Il va de soi que les filles qui mettent des serviettes hygiéniques parce qu'elles délirent sur leur virginité sont bien plus faciles à repérer : elles trimballent leur sang sous elles toute la journée comme sur un plateau. Pour les autres, qui retenaient le flux à l'intérieur au moyen d'un tampon à effet déflorant, cette copine devait renifler un peu plus fort, mais elle arrivait toujours à les détecter. Ici, au bordel, me voilà dans de beaux draps.

Je réponds par l'affirmative. Elle me dit qu'elle préfère ne pas baiser avec moi à cause du sida. Super. Presque toutes les autres ricanent.

Milena dit en souriant qu'elle a une idée :

— Viens avec moi. Tu connais les *sponges* ?

— Tu veux dire des éponges ?

Je suis nulle en anglais, mais l'essentiel est qu'elle acquiesce. Du coup, je me dis que la journée démarre plutôt bien.

Qu'est-ce qu'elle prévoit ? Je la suis. Chambre quatre. Est-ce la sienne, ou est-ce qu'elle la partage avec les autres ? Je vais lui poser ces questions tout de suite, dans la demi-heure dont je dispose. Pour cinquante euros. Je n'arrive pas à déterminer ce que je préfère : baiser avec des putes ou leur demander tout ce que les hommes leur ont déjà fait et *vice versa*. Les deux m'excitent tout autant. Le mieux, c'est les deux en même temps : baiser tout en posant des questions.

Nue comme elle est, avec ses chaussures à talons, elle va chercher un grand carton dans l'armoire. Je peux la regarder de dos à loisir. J'adore son cul. Si elle me lèche, je vais lui enfoncer le doigt dans le cul en permanence. Elle tient à la main un paquet familial de je ne sais quoi. Elle en sort un truc que je n'ai encore jamais vu, une éponge ronde emballée dans de la cellophane. Comme un cookie, en plus mou.

— Ce sont des éponges spermicides. Quand on a nos règles, normalement, on ne devrait pas avoir le droit de travailler, à cause des risques d'infection. Et quand on utilise des tampons normaux, les mecs s'en aperçoivent avec leur queue, les tampons sont tellement durs... Donc ces éponges, on se les enfonce tout au fond de la chatte, et elles bloquent le sang pendant un certain temps. Elles sont tellement moelleuses qu'aucun bout de queue ne peut les repérer, tout en haut. Au contact, même pour les doigts, c'est comme la chair du con. Tu vas tester, toi aussi. Étends-toi, je vais t'en mettre une et te lécher même si tu as tes règles.

Bon pirate que cette Milena, et en plus, elle dit « le con ». Moi je n'oserais jamais.

J'ai posé la question dans toutes les pharmacies et parapharmacies : aucune personne normale ne peut acheter des éponges spermicides. Il faut probablement présenter une carte d'identité de pute ou que sais-je d'autre. Pourtant, ça me serait bien utile. Car il ne faudrait pas croire que tous les mecs avec qui je baise aiment cingler vers la mer Rouge. Ceux-là, je pourrais leur cacher mon sang avec ce bon vieux truc de putes, ce qui m'éviterait de rater telle ou telle partie de jambes en l'air avec des adversaires de l'hémoglobine auxquels j'avoue mon état. Et là, même Hélène n'est pas toujours à la fête.

D'ailleurs, il faut aussi en finir avec cette façon qu'ont les règles de se pointer par surprise.

Elles s'amènent toujours à l'improviste,

n'importe où. C'était comme ça avant que je ne prenne la pilule, et maintenant que je la prends (non pas pour la contraception bien sûr, mais seulement contre les boutons), mes règles n'arrivent jamais de façon régulière ni au moment voulu, comme c'est inscrit sur la notice. Toutes mes culottes sont dégueulassées, surtout les blanches. Quand je les tache et que je les trimballe assez longtemps, le sang à la température du corps pénètre au cœur du linge. On ne peut pas le ravoir en le faisant bouillir, même à deux cents degrés. Rien à faire.

Toute ma collection de culottes a donc une tache brune en son milieu. On s'y habitue au bout de quelques années. Est-ce la même chose chez les autres femmes ? À qui pourrais-je poser la question à l'occasion ? À personne, comme à chaque fois que je veux vraiment savoir quelque chose.

Je suppose que les autres filles qui sont plus propres se baladent constamment avec des protège-slips afin que ledit slip soit à l'abri des écoulements.

Ce n'est pas mon genre. Je préfère flanquer des taches brunes partout.

Ces filles-là n'ont sans doute pas non plus à l'entrejambe cette belle croûte jaune clair qui, sans cesse réhumidifiée par le haut, ne fait que s'épaissir.

Parfois, un bout de la croûte se suspend à un poil pubien, comme un *dreadlock*, et l'imprègne de sa substance au fil de la journée, à cause de tous les frottements dus à la marche, comme du pollen sur une patte d'abeille.

J'aime retirer ce pollen et le manger, c'est un régal.

En fait, je ne peux pas m'empêcher de tripoter ce qui vient de mon corps. Tout peut servir. Lorsque je remarque une petite crotte de nez en train de sécher, il faut que je la retire.

Quand j'étais petite, je le faisais même à l'école. Et aujourd'hui encore, je ne trouve pas que ce soit mal de manger sa morve. Ce n'est sûrement pas mauvais pour la santé non plus. Sur l'autoroute, je vois souvent des gens qui, pour peu qu'ils ne se sentent pas observés, se cherchent dans le nez un petit amuse-gueule à grignoter.

En classe, les autres vous taquinent et on y renonce. À un moment donné, j'ai gardé cette manie pour les moments passés à la maison, seule ou avec mon copain. Pour moi, c'était dans les limites de l'acceptable, mais j'ai lu dans les yeux de mon copain qu'il avait du mal à digérer ça.

Depuis, j'ai une double vie aux toilettes. Chaque fois que je fais pipi ou caca, j'en profite pour bouffer toutes mes mucosités ; ça vous dégage le nez, mais ce n'est pas ce qui me pousse à le faire. Quand je chope une crotte de nez sèche et que je tire dessus, ça m'excite de faire vaguement bouger un truc dans mon nez, d'en retirer une énorme mucosité. C'est comme l'histoire du cheveu coincé dans la foufoune, ou le pollen collé aux poils du cul. Une petite souffrance qui vous fouette le sang. Tout ça finit dans la bouche, on le ronge lentement avec les incisives pour en connaître le goût exact. Pas besoin de mouchoir, je suis mon propre vide-ordures. Une recycleuse de sécrétions corporelles. J'éprouve la même excitation quand je me nettoie les oreilles avec un Coton-Tige que j'aime bien enfoncer un peu trop.

C'est d'ailleurs mon souvenir d'enfance le plus fort. Je suis assise sur le bord de la baignoire, et Maman me nettoie les oreilles avec un Coton-Tige plongé dans l'eau chaude. Une agréable titillation qui se transforme d'un coup en douleur quand le bâtonnet va trop loin. On me répète sans arrêt qu'il ne faut pas utiliser de Coton-Tige parce qu'ils enfoncent le cérumen et sont mauvais pour les oreilles. Il n'est pas bon non plus d'en abuser pour avoir les oreilles trop propres, alors que le cérumen protège l'oreille interne. Je m'en fiche : je ne fais pas ça pour me nettoyer, mais à des fins masturbatoires. Plusieurs fois par jour, et de préférence aux toilettes.

Pour en revenir aux filles propres, je parie qu'elles jettent régulièrement dans les toilettes cette belle croûte qui s'est formée sur leur protège-slip et qu'elles en remettent un pour recueillir la suite.

Sûr qu'elles n'oublient jamais leurs règles, celles-là, même à l'hôpital, quand elles souffrent. Dans la vie, elles ont un mot d'ordre suprême : ne jamais laisser de taches. Moi, c'est tout le contraire.

Le voilà déjà qui se met à couler, ce sang, je le savais... Je prends l'énorme caisse en plastique posée devant la fenêtre, je me la pose sur le ventre et fouille dedans pour y trouver des compresses de gaze. Environ dix centimètres sur dix, d'après mes calculs. À titre expérimental, je vais me fabriquer un tampon en gaze, ça me changera du P.Q.

Et ça devrait être encore mieux, parce que plus absorbant. On va voir… Je sors une compresse et remets la caisse en place. Je replie un côté de la gaze pour pouvoir commencer à l'enrouler sur elle-même. Il ne me reste plus qu'à plier ce long boudin en deux pour qu'il rentre dans le four, et à l'enfoncer bien profond par le bout arrondi, le plus épais.

Quelle joie de faire la nique à l'industrie des tampons !

Je renifle le doigt qui a enfourné la recette maison : voilà une chatte qui fleure bon le mi-vieux.

Lors d'une de mes nombreuses virées au bordel, une fille m'a raconté que plus d'un homme trouve excitant d'y aller la queue sale et de forcer une pute à le sucer. Selon elle, c'est comme un bras de fer. Au bordel, on déteste les clients qui puent. Surtout ceux qui le font exprès. Ceux qui puent malgré eux, passe encore.

En bonne habituée, j'ai voulu essayer ce truc. Je ne me suis pas lavée pendant un certain temps, et j'ai demandé à une pute de me lécher. Mais pour moi, sale ou propre entre les jambes, ça n'y changeait rien. Faut croire que les rapports de force, ce n'est pas mon truc.

Bon, et maintenant, que faire pour oublier mon ennui et ma solitude ?

Je pourrais réfléchir à tous les trucs utiles que j'ai déjà appris, en dépit de ma jeunesse, histoire de bien m'amuser toute seule, au moins quelques minutes.

Une fois, j'ai eu un amant hyper-vieux. J'aime bien dire « avoir un amant », c'est franchement démodé et quand même mieux que « se faire sauter par un mec ». Il était beaucoup plus vieux que moi et il m'a énormément appris. Selon lui, je devais ne rien ignorer de la sexualité masculine, pour que les mecs ne se foutent pas de ma gueule à l'avenir. Maintenant, même si je suis censée en savoir assez long sur le sujet, je me demande si ses leçons sont valables pour tous les hommes ou seulement pour lui. Faudra que je vérifie. Un de ses grands principes était qu'il faut toujours mettre un doigt dans le cul des hommes, pendant les rapports, pour qu'ils jouissent mieux. Jusqu'à présent, ce truc ne s'est pas démenti, c'est efficace et ça les rend fous. Mais il vaut mieux ne pas leur en parler, avant ou après, sinon ils se disent qu'ils sont pédés et se braquent. Il faut le faire et voilà tout, comme si de rien n'était.

Ce vieil ami m'a aussi montré un certain nombre de films pornos. Une mine pour les femmes, selon lui, pas seulement pour les hommes, et il avait raison.

C'est dans un de ces films que j'ai vu des

chattes de femmes noires, pour la toute première fois, et c'est vraiment quelque chose... Leur peau est si sombre que, quand elles écartent les cuisses, les couleurs de leur vulve sont bien plus pétantes que chez les Blanches, qui n'ont pas de contrastes aussi intenses. C'est le coup des couleurs complémentaires, je crois. Le rose vif d'une chatte, à côté d'une peau rose pâle, est bien plus ennuyeux que le même rose vif tranchant sur une peau chocolat. Du coup, le rose vif devient violacé, turgescent, exubérant.

Le pigment donne du piment. Compliments.

Depuis que j'ai vu ça, qui m'a drôlement impressionnée, je me maquille toujours la vulve avant un rendez-vous de baise, en me servant du maquillage habituellement destiné au visage. Le maquillage pour chatte, je n'en ai jamais trouvé au rayon des cosmétiques. Bon créneau à prendre.

Comme pour le maquillage des yeux, je vais de l'extérieur vers l'intérieur, et du clair vers le sombre. Je commence par des teintes nacrées et rosées, avec du gloss et de l'ombre à paupières, et je me fraie un chemin à travers les lobes pour appliquer, juste à l'entrée du tunnel, du rouge foncé, du mauve et du bleu. Le brun-rose de la rosette, je le souligne en tapotant légèrement avec du rouge à lèvres vermillon bien estompé.

La chatte et la rosette y gagnent en intensité dramatique, en profondeur, en magnétisme.

Sachant que les femmes noires ont les chattes les plus rouges, je ne veux qu'elles. Or autour de moi, que ce soit au lycée et dans le voisinage, il n'y a pas de *Blacks* susceptibles d'avoir une relation avec moi. J'en suis donc réduite à voir des prostituées, comme beaucoup d'hommes qui ont le même problème.

Je me souviens d'une mésaventure avec une pute très blanche. Une peau comme du petit-lait, des cheveux carotte, un peu trop potelée et, pour comble de malheur, complètement rasée. Pas un poil, pas de cresson sur la fontaine, rien de rien. Un entrecuisse de nouveau-né, de bébé sur une boîte de lait.

Je me faisais une joie de voir ses lolos qui, sous son chemisier, avaient belle allure. Gros et bien saillants. Mais une fois à poil et sans son soutien-gorge, quelle déception : deux grands pendards aux pointes rentrées.

Les bouts de seins rentrés, c'est une horreur.

Les mamelons doivent à tout prix être saillants. Là, c'était l'inverse, comme si on les avait enfoncés dans la poitrine, du bout du doigt, et qu'ils y étaient restés, dans leur affolement. Deux boîtes à lait rabougries, tout effondrées.

Je me dis : j'y suis j'y reste, de toute façon il va falloir payer, alors fermons les yeux et allons-y. Certaines putes m'ont confié que les hommes, quand ils ne sont pas convaincus par la nudité d'une fille, ressortent illico sans donner d'argent et en demandent une autre. Je n'en suis pas encore capable. Je suis trop novice et trop polie pour ça.

Au lieu de lui lancer en pleine face que je n'aime pas son physique, je préfère me taire, je n'ose pas.

Alors je m'arrange pour transformer en expérience intéressante ce rapport sexuel avec une personne que je trouve laide, et je me mets tout de suite à la brouter sur le lit.

Les bras relevés au-dessus de la tête, elle

s'abandonne et c'est moi qui fais tout le boulot. Je la lèche en me frottant la chatte comme une folle contre son genou replié, ce qui me fait jouir très vite. Je suis la reine de l'astiquage. Pas un seul moment elle ne lève le petit doigt, cette grosse paresseuse. Du jamais vu.

Une fois que j'ai joui, elle cherche quelque chose à grignoter dans toute la pièce, et le trouve. Elle boit le champagne qui m'a coûté cher et grignote des biscuits salés en forme de petits poissons. Elle n'en revient pas que j'aie joui aussi vite, et elle me demande si je me suis déjà fait sodomiser.

Je ne comprends pas pourquoi elle me pose la question, mais je réponds sincèrement par l'affirmative.

— Et c'est comment ? Est-ce que ça fait mal ?

Hein ? C'est qui la pute, au juste ? Je décide qu'une jeune cliente comme moi n'a pas à expliquer la sodomie à une professionnelle, et je prends mes cliques et mes claques. Non sans avoir payé. Après tout, j'ai très bien joui, même si ce fromage blanc n'y était pour rien. C'était purement mécanique.

Les putes étant toujours plus vieilles que moi, même les plus jeunes d'entre elles, je me dis que logiquement, elles devraient être plus expertes en matière de saloperies. Or il n'en est rien. Ce sont des trucs qu'elles excluent de leur sphère d'activité. Elles déclarent par exemple : pas de baisers, pas de sodomie. Et elles n'approfondissent pas la question. Peut-être à bon escient.

Il y a sans doute beaucoup de clients qui ne préparent pas bien le trou du cul de la fille avant de la baiser, et ça peut faire drôlement mal. Elles dissimulent probablement leur douleur, et là, c'est encore plus douloureux.

Selon la longueur et la grosseur de la queue qui veut me rentrer dans le cul, j'ai besoin de bien m'échauffer avant, pour me dilater. Et aussi de pas mal d'alcool ou d'autres stupéfiants.

C'est très excitant, même si le lendemain on s'aperçoit souvent qu'on a surestimé ses facultés de dilatation.

En somme, ce moment passé avec la rousse a été une sale expérience. Chaque fois que je vois une rousse à peau claire, je rigole dans ma tête en me disant qu'elle doit être une bûche au lit, qu'elle est aussi glabre qu'un *alien* et portée sur les biscuits apéro, qu'elle n'a jamais rien pris dans le cul, et que ses mamelons ont poussé dans la mauvaise direction.

Un jour, mon père était bourré, et il a sorti à une copine de ma mère qui avait les cheveux roux : « Quand le toit est en cuivre, la cave est toujours humide... »

Mon œil !

Et maintenant, Hélène, qu'est-ce que tu vas faire ? Tu as déjà un plan ?

Regarder un truc par la fenêtre, essayer de me concentrer sur la nature aussi longtemps que possible. C'est l'été. Les marronniers du parc de l'hôpital sont en fleur. Un bonhomme quelconque, sans doute un paysagiste, a coupé en deux de grosses poubelles en plastique vert pour les garnir de plantes. Si je vois bien, de là où je suis, ce sont des fuchsias et des cœurs de Marie, mes fleurs préférées. Tellement romantiques, ces cœurs de Marie en larmes. C'est mon père qui m'a appris ça, je retiens très bien tout ce qu'il m'apprend. Pour toujours. Et j'oublie tout ce que ma mère veut m'enseigner. Il faut dire que les leçons de mon père sont moins fréquentes, donc plus efficaces. Ma mère passe son temps à me débiter des trucs que je suis censée retenir et qu'elle juge importants pour moi – je me hâte d'en oublier la moitié tout de suite. Et je prends le contre-pied de l'autre moitié, exprès. Mon père ne m'enseigne que des choses qui comptent pour lui dans la vie : les plantes, les plantes et les plantes. De but en blanc, il me sort : « Savais-tu qu'on déterre les tubercules de dahlias en automne ? On les rentre à la cave pendant le gel de l'hiver, et au printemps, on les replante dans le jardin. »

Il va de soi que je l'ignorais. Et hop, enregistré pour toujours. Papa adore savoir plein de choses sur la nature. Quant à Maman, elle a peur de la nature et de ses connaissances dans ce domaine. Elle a l'air de la combattre en permanence : elle fait la guerre à la saleté dans la maison, à toutes sortes d'insectes, même dans le jardin. À des bactéries diverses et variées, au sexe, aux hommes, et même aux femmes. En fait, presque tout lui pose problème. Un jour, elle m'a raconté que ses rapports sexuels avec mon père avaient été douloureux : il avait un pénis trop grand pour son vagin. C'est le genre d'information dont je me passerais bien. Et moi qui avais l'intention de me concentrer sur la nature, dehors… C'est meilleur pour mon moral que de tourner et retourner dans ma tête les relations sexuelles de mes parents. D'autant que, pour mon malheur, j'imagine toujours tout dans les moindres détails. Et cette vision-là est souvent très pénible.

Hélène, vire ces pensées de ton cerveau !

Et voilà l'ennui qui me reprend.

Maman répète à tout bout de champ : « Si on s'ennuie, c'est qu'on est ennuyeux. »

Ben voyons. Après tout, elle dit aussi : « Nous ne sommes pas sur terre pour être heureux. »

En tout cas pas tes enfants, Maman.

Hélène, essaie encore une fois. Si tu t'embêtes, tu n'as qu'à prendre un nouveau rendez-vous avec toi-même pour regarder par la fenêtre. Bonne idée, de m'occuper un peu de l'environnement, et pas seulement de mes fesses. Allons-y.

Je tourne soudain la tête de côté et je regarde fixement dehors.

Une pelouse, des arbres, des marronniers. Et puis un grand sumac. En fait, inutile de dire qu'il est grand, les sumacs le sont toujours. Ils me font peur. Encore un truc que mon père m'a transmis, la peur des sumacs. Ils ne viennent pas de chez nous, ils sont d'origine étrangère. D'Asie ou de je ne sais où. Et ils poussent beaucoup plus vite que nos arbres à nous. Quand ils sont encore petits, ce qui ne dure pas longtemps, ils fabriquent un long tronc mince, lisse comme du caoutchouc. Et ils mettent toute leur énergie à pousser vers le haut.

Ils ne tardent pas à dépasser tous les arbres voisins, et une fois qu'ils sont au-dessus de tous les autres, ils étendent leur immense feuillage. Et là, tout ce qui poussait sous eux dépérit faute de lumière, et parce qu'ils pompent toute l'eau du sol avec leurs racines qui poussent à toute vitesse.

Et ce n'est pas le plus grave : comme cet arbre fonce vers le haut à toute allure, il est très instable par rapport aux autres espèces. Le moindre coup de vent lui casse de grosses branches. Bien fait pour lui. Mais les branches tombent souvent sur des gens qui ignorent qu'ils passent sous un arbre asiatique qui résiste mal au vent : sa seule préoccupation est de faire de l'ombre aux autres et de tout dessécher autour de lui, si bien qu'il en oublie d'assurer sa propre résistance.

Je fais toujours de sacrés détours pour éviter les sumacs. Je n'en veux pas sur ma tombe.

Quand je marche dans la rue, je vois partout des rejets de sumac. Il en sort de tous les interstices. Ces arbres adorent se multiplier. Je suppose que la municipalité doit les supprimer en permanence, sinon il n'y aurait plus que des sumacs ici. Quelquefois, des gens en laissent pousser un qui s'est incrusté dans leur jardin. Ils n'ont qu'à s'en prendre à eux-mêmes s'il envahit tout. Mais je ne peux pas sonner à toutes les portes pour le leur dire, ce serait trop de boulot. Tout le monde n'a pas la chance d'avoir un père comme le mien, aux leçons si profitables.

Leurs feuilles sont énormes, avec une longue tige au milieu, une foliole en guise de tête et des feuilles alternes qui descendent avec une parfaite symétrie des deux côtés, comme sur une cage thoracique. Sur l'arbre qui est dehors, je cherche une tige isolée et je compte ses feuilles. Voilà une tâche pour Hélène, dite Œil de lynx. Il y en a vingt-cinq. Quand je vous dis qu'elles sont grandes, beaucoup trop grandes. Le tronc est plutôt lisse et verdâtre, comme un pain de campagne sans entaille. Agréable à toucher. Enfin, si on ose s'en approcher.

Assez parlé écologie, j'en reviens à moi-même. Depuis un certain temps, je sens un truc sur mon avant-bras droit. Je vais regarder : il suffit d'avancer l'épaule, d'attraper la graisse de l'avant-bras et de la tourner fermement vers soi. J'y suis : un point noir, je m'en doutais. Allez savoir pourquoi j'en ai toujours plein les avant-bras. Explication perso, qui n'est pas la bonne : quelques poils veulent pousser à cet endroit, et comme il y a du frottement à cause des tee-shirts, les poils sont incarnés, d'où l'inflammation.

Ce qui m'amène à évoquer un de mes passe-temps favoris : l'extraction des comédons. J'ai remarqué un très gros point noir dans l'oreille de Robin, plus exactement à l'entrée du conduit auditif. Les gens, à cet endroit, en ont d'énormes, je m'en suis souvent aperçue : personne ne le leur dit, je suppose, et le pore, pendant des années, se remplit d'impuretés et de sébum. Il m'est arrivé plusieurs fois de m'attaquer aux comédons des autres et de les extraire sans même demander la permission à leur propriétaire. J'ai même failli me jeter sur l'oreille de Robin, mais je me suis retenue à temps. Il y en a qui ne rigolent pas avec ça : si on leur extrait un point noir sans leur demander leur avis, ils trouvent qu'on a dépassé les bornes. Mais quand je connaîtrai mieux Robin, je lui demanderai si je peux m'en occuper, car il est certain que nous allons faire plus ample connaissance. Je ne manquerai pas cette occasion – le point noir de son oreille, je veux dire. Il m'est réservé. Quant à celui que j'ai sur l'avant-bras, je le coince entre le pouce et l'index de la main gauche, et le petit ver sort d'un seul coup.

Il va droit du pouce à la bouche.

Bon, voilà une chose de réglée, je n'ai plus qu'à vérifier cette mini-plaie.

Une goutte de sang a perlé sur le trou du comédon. Je l'essuie, mais au lieu de partir, elle laisse un petit trait sanglant.

Exactement comme sur mes jambes, quand c'est moi qui les rase et non Kanell. Vite fait mal fait. À force de traîner près du lavabo avec de l'eau froide sur la peau, j'ai la chair de poule. Quand je passe le rasoir dessus, j'arrache tous les petits boutons. À chaque fois, je me dis que c'était mieux avant, avec des poils, puisqu'à leur place, je me retrouve avec des points sanglants. Un jour, j'ai enfilé un collant sur mes jambes irritées, l'effet était intéressant. Le voile presque transparent étire chaque tache de sang pour en faire une petite rayure rouge et verticale : l'opération achevée, on obtient un collant de dentelle au motif psychédélique, qui a l'air d'avoir coûté cher. J'en mets souvent pour sortir.

Cette méthode a un autre avantage. Moi qui grignote souvent mes croûtes, quand je retire mon collant après la soirée en question, le sang séché se détache et de nouvelles petites croûtes se forment. Dès qu'elles ont durci, je peux les arracher et tout manger.

C'est presque aussi bon que les crottes d'yeux que le marchand de sable pose au coin interne de l'œil.

Comme je maltraite ces petites lésions que j'ai aux jambes, certains pores se referment en bloquant le poil qui logeait dessous. Il continue de pousser, mais en vrille et sous la peau, comme une racine d'avocat dans un verre. À un moment donné, il y a une inflammation, et c'est là qu'Hélène intervient. J'ai été très patiente tout le temps et je n'ai pas touché au poil, alors qu'il n'arrêtait pas de crier : « Sors-moi de là, je voudrais pousser comme les autres, en plein air ! » C'était dur, mais ça valait le coup d'attendre le grand moment.

J'enfonce une aiguille dans le bouton irrité, et je commence par enlever le pus que je me flanque dans la bouche. Au tour du poil : je trifouille la plaie avec l'aiguille jusqu'à ce que je l'attrape. Il est toujours rabougri : il n'a jamais vu la lumière du jour et n'a guère eu la place de pousser. Je le chope avec une pince à épiler, je le retire lentement ainsi que sa racine irritée, et voilà. Souvent, quelques semaines plus tard, une autre joyeuseté du même acabit repousse au même endroit, rien que pour moi.

Une pie sautille sur le gazon bien tondu de l'hôpital. Dans les livres d'enfants, elles volent des objets brillants comme des capsules de bouteille, du papier alu ou des bagues. En réalité, elles volent les œufs des petits oiseaux chanteurs. Elles les ouvrent d'un coup de bec et les gobent. J'essaie toujours d'imaginer la pie en train de percer un trou dedans et d'en aspirer le contenu en se servant de son bec comme d'une paille. Mais peut-être qu'elle s'y prend autrement, qu'elle saute sur l'œuf pour le fracasser et absorber la flaque gélatineuse répandue sur le sol ?

La course aux œufs, c'est tout à fait mon truc. Quand j'étais petite, on chantait : « Prends-moi l'nœud, trou aux œufs ! » C'était sans doute juste pour la rime, mais très sensé, à mon avis.

Un jour, j'ai expliqué à Kanell comment j'imaginais le trou aux œufs, et un après-midi nous y avons joué.

Le trou, c'est la chatte, bien sûr.

On y met un œuf pour faire un trou aux œufs.

Nous avons commencé par un œuf cru, mais il a éclaté dans la main de Kanell à l'entrée de la chatte. Aucun bout de coquille ne m'a blessée, mais j'ai été couverte de gélatine glacée.

Alors nous nous sommes demandé s'il fallait obligatoirement un œuf cru. Ce n'était pas le cas. Nous en avons donc fait cuire un. Huit minutes. Il était très dur.

Nous l'avons introduit et je me suis retrouvée avec le trou aux œufs de la comptine, tel que je l'avais toujours imaginé.

Depuis, cet œuf est un ami intime au sens propre.

Il y a un autre truc que je voudrais faire avec Kanell.

J'ai toujours aimé jouer avec les ganglions de l'aine. Je les promène çà et là, sous la peau ; ils sont aussi mobiles qu'une rotule. Récemment, j'ai eu envie que Kanell les souligne au marqueur, comme des yeux auxquels le maquillage donnerait plus d'intensité. Est-ce un fantasme ou un simple ornement que j'ai inventé pour mon corps ? Pour que ce soit un fantasme, il faut que ça m'excite d'y penser, et c'est bien ce qui se passe. Quel effet produit-il quand on le réalise ? Kanell m'aide à aller au bout de mes fantasmes, comme je l'ai fait pour les siens, autant que j'ai pu.

Sur la pelouse, la pie se bat avec une autre. À quel sujet ?

Nous les humains, nous considérons que les pies sont méchantes de manger les bébés des autres. Or nous mangeons les bébés de presque tous les animaux qui figurent sur nos menus : agneau, veau, cochon de lait…

Dehors, Robin se promène avec une infirmière. Les pies s'envolent. Écœurée, je mate les deux flâneurs ; je suis jalouse. C'est inadmissible. Je me mets à devenir possessive pour la simple raison qu'il a photographié ma plaie et que je lui ai tenu des propos excitants sur mes bricolages de culotte. Et j'envie cette infirmière qui peut marcher. Moi non, sauf très, très lentement. Ils fument tous les deux, ils rient. Mais qu'est-ce qu'il y a de drôle ?

Je veux recommencer à marcher, moi aussi. Et je descends de ce pas à la cafétéria. Il y en a bien une, non ? Oui, l'ange vert en a parlé. Même si c'est lentement, je vais aller me prendre un café. C'est ça, Hélène, fais un truc normal au lieu de penser sans cesse à Robin et à sa pie baiseuse, ou à tes parents en train de s'enfiler au pieu. D'ailleurs, j'ai tout mon temps. Excellente idée, j'aurais pu y penser même sans ces deux traîtres ! Le café stimule bien la digestion. Et j'aimerais bien aller aux toilettes en douce, à l'insu de tous, rien que pour moi. Rien que pour avoir la certitude d'en être encore capable. Et de ne pas être colmatée à jamais. Sans rien dire à personne, j'utiliserai cet endroit pour les retrouvailles de mes parents. Pour qu'ils colmatent la brèche, eux aussi, et retrouvent la place qui est la leur.

Je commence par me mettre à plat ventre en descendant doucement les jambes. Je prends un analgésique dans ma réserve de comprimés et je l'avale. Indispensable pour la route. Me voilà armée pour ce long voyage, je n'ai plus qu'à m'équiper. Mon déguisement d'ange est toujours noué en haut, mais je n'ai rien en bas. Ce n'est pas une tenue pour se balader, n'est-ce pas, Hélène, même à l'hôpital, et même en procto. Il y a sûrement plein de gens qui traînent dans les couloirs et à la cafétéria. Je vais comme un escargot jusqu'au placard qu'on a encastré dans le mur pour gagner de la place. Maman m'a bien dit qu'elle y avait rangé mes affaires. J'ouvre la porte. Rien que des pyjamas et des tee-shirts. Inutilisables : pour enfiler un pantalon, il faut se pencher, passer une jambe puis l'autre. Oh là, ça va me distendre le cul. Maman a complètement oublié de me mettre un peignoir ou un autre machin facile à enfiler. Que faire, Hélène ? Je reviens lentement vers le lit pour retirer le drap, je m'enroule dedans et le noue sur l'épaule : j'ai l'air d'une Romaine qui va aux thermes, c'est une bonne tenue pour l'hôpital. Les quelques taches de sauce brune peuvent à la rigueur passer pour autre chose : peut-être que je suce des caramels au beurre salé en bavant partout. Tout à fait plausible. Heureusement, personne ne m'en demandera raison, les gens ne sont pas comme ça, ils préfèrent rester dans le flou. C'est parti, allons jusqu'à la porte. Trois jours que je n'ai pas quitté cette chambre. D'ailleurs, ai-je vraiment le droit de galoper partout ? Là, on est loin du compte… Disons plutôt : de traîner dans le couloir comme une subclaquante ? Si je me fais pincer, je risque d'être renvoyée directement dans ma chambre. Mieux vaut ne rien demander et ouvrir la porte. Il y a du remue-ménage dans le couloir, tout le monde est absorbé par une activité. Ils ont tous l'air de se connaître, ils rigolent en poussant des objets à droite et à gauche. Je vois, ils font semblant de travailler au cas où le chef de service passerait dans le coin. Plutôt que de se faire pincer en train de fumer dans la cuisine des infirmières, il vaut mieux pousser un truc dans le couloir en papotant. Moi, on ne me la fait pas ! Je me faufile à côté d'eux. Personne ne me dit bonjour. Je marche si lentement que leurs yeux agités ne doivent pas me voir. Dans le couloir, la lumière est aussi vive que dans ma chambre, et ici, il y a la réverbération du linoléum qui est comme de l'eau grise. Je marche sur l'eau. C'est sûrement cet analgésique… L'ascenseur, je me souviens où il est. On n'oublie jamais le chemin de la sortie. Moi qui suis restée tout le temps à souffrir dans cette chambre, je sais exactement par où aller, même si je n'en suis pas consciente : il faut sortir et tourner à gauche. Le couloir est plein d'atroces images chrétiennes que les infirmières ont accrochées pour faire plaisir à leurs parents. C'est qu'ils finiront tous par atterrir ici, leurs géniteurs, en proctologie, en oncologie, en ontologie ou en soins palliatifs. Ils se retrouveront dans un de ces services. À moins qu'on ne s'occupe d'eux à la maison, ce qui est la meilleure solution à mes yeux. Je marche toute courbée en me tenant le ventre au lieu du cul, difficile à atteindre dans cette position même s'il me fait mal. Je suis arrivée en haut de l'escalier, à la porte vitrée. Il suffit de faire comme Robin, d'appuyer fort sur le buzzer pour que l'énorme porte en verre s'ouvre d'un seul coup, automatiquement. Au lieu de passer, je reste plantée là. Pas d'argent sur moi. Merde. Tout le chemin à refaire dans l'autre sens. Personne ne remarque ma présence, j'ai sans doute le droit de me faufiler partout, puisque j'ai déjà celui de m'occuper de ma plaie, laquelle est tout sauf hygiénique. D'autant que, selon Robin, il n'y a pas d'endroit moins hygiénique que le cul. Chambre 218. La mienne. J'ouvre la porte, j'entre. Le calme retrouvé. Quel gaspillage d'énergie à cause de cette foutue étourderie... Je regarde dans le tiroir de la table de nuit, et j'y trouve quelques petits billets. Maman a dû les y mettre pendant que je dormais. Est-ce qu'elle me l'a dit pour de bon, ou est-ce que je l'ai rêvé ? Quelle mémoire de merde. Au moins, maintenant, j'ai mon argent dans le creux de la main, les draps n'ayant pas encore de poches. Mon cul s'habitue au mouvement des jambes, je marche déjà un peu plus vite que lors de ma première tentative. Sans doute à cause du comprimé qui commence à agir... Je garde les yeux rivés à terre pendant tout le trajet : voyons jusqu'où j'irai sans avoir de commentaires sur mon look. Un bon coup sur le buzzer, la porte s'ouvre et cette fois, je la franchis. L'escalier est une sorte de nouveau monde où se croisent bien des maladies : il n'y a pas que des troudurs et leurs infirmiers. Une vieille se balade avec des tubes dans le nez qui entrent dans un sac à dos, lui-même relié à un déambulateur.

Elle a manifestement un problème à la tête, pas au cul : ça change de la proctologie. Elle a de beaux cheveux poivre et sel, une longue natte qui fait plusieurs fois le tour de sa tête, et une belle robe de chambre noire, avec des asters rose vif surdimensionnés. De jolis chaussons en velours noir. On voit son hallux valgus à travers le chausson, une excroissance du gros orteil qui pousse de travers pendant que les autres orteils lui montent dessus. Et pour ce faire, il ne cesse de repousser l'articulation jusqu'à ce qu'elle se retrouve très loin du pied. L'hallux a une force destructrice : à la longue, il explose toutes les chaussures. Ces chaussons de velours noir, il va bientôt les fusiller aussi. Les orteils sont comme les dents d'une mâchoire qui poussent les unes sur les autres, dévient et se retrouvent de travers. Sauf que là, c'est le gros orteil qui gagne la bataille. L'hallux valgus, je connais : j'en ai un, comme tout le monde dans la famille. Du côté maternel et du côté paternel. Sale gène, en somme. Comme le gros orteil veut déloger les petits et prendre leur place, il faut les enlever les uns après les autres. Mon oncle, ma grand-mère et ma mère n'en ont presque plus, ils ont des sortes de pieds de bouc.

Maintenant, essayons de penser à quelque chose d'agréable, il faut que je trouve de quoi achever ma description de la mémé.

Eh bien, elle a aussi de belles varicosités. Autrefois, j'aurais qualifié de varices ces formations veineuses, mais je me suis renseignée, ça s'appelle de la varicose. Tout en elle est beau, sauf l'hallux et les tubes. Mais on les lui enlèvera sûrement bientôt, j'espère qu'elle ne mourra pas avec.

Souhaitons que tout se passe bien pour cette jolie vieille dame : j'appuie sur le bouton des amabilités et sur celui de l'ascenseur en la saluant haut et fort, au cas où elle serait dure d'oreille. Les vieux sursautent souvent quand on leur adresse la parole. Ayant l'habitude d'être invisibles, ils sont enchantés qu'on les remarque.

L'ascenseur arrive d'en haut, comme l'indique la flèche lumineuse rouge. La cafétéria est au sous-sol, si mes souvenirs sont exacts, et ils datent de ma stérilisation.

Les portes de l'ascenseur s'ouvrent en couinant très fort pour m'inviter. Personne d'autre dans l'ascenseur. Bon, j'appuie sur le bouton SS.

Il y a d'ailleurs écrit « cafétéria » à côté du bouton. Je profite du trajet pour relever ma toge, de la main qui tient l'argent, afin d'extirper mon tampon maison. Je pose cette boulette sanguinolente et visqueuse à côté des boutons de l'ascenseur.

C'est l'endroit qui attire le plus l'attention dans cette boîte roulante. Juste dessous, il y a une barre de maintien, un peu comme la rampe d'un escalier. J'ouvre le tampon replié en fer à cheval, et je le balance, tout poisseux et rougeâtre, au beau milieu de la barre. Bien joué. Je rabaisse ma toge comme si de rien n'était. La porte s'ouvre sur deux hommes. Très bien. On dirait le père et le fils. Encore des gens qui ne parlent pas des choses importantes de la vie, ça se voit à leur tête. Le père est malade, il a le teint cireux, un peignoir, et peut-être un cancer du poumon. Son fils doit lui rendre visite. Radieuse, je les salue : « Bonjour messieurs ! »

Et je sors la tête haute. L'instant d'après, les types sont dans l'ascenseur. Rideau. Je reprends ma position courbée et j'entends une voix indignée quoique affaiblie par l'âge : « Nom d'un chien, c'est quoi, ce machin-là ? »

Ils ne vont sûrement pas l'enlever : ils ne se doutent pas qu'il s'agit seulement de sang menstruel bien inoffensif. Ce tampon pourrait être tombé d'une plaie. Il est tellement imbibé de sang qu'on ne voit même plus la gaze : on jurerait que c'est un bout de chair humaine. De nos jours, tout le monde a peur de toucher du sang. Ils vont le signaler dans le service où ils se rendent. Le père va se mettre dans le barrage photoélectrique de la porte pour empêcher l'ascenseur et la boulette de viande de continuer leur route. Le fils ira chercher une infirmière dans le couloir qui devra, quant à elle, prendre des gants en caoutchouc et un sac-poubelle pour enlever la boulette – éventuellement aussi un chiffon pour éponger la barre souillée.

Elle remerciera le père et le fils : un tel sens civique au service de l'hygiène ! Et mon œuvre atterrira dans la poubelle des déchets spéciaux.

Me voici à la cafétéria. L'argent, après être passé d'une main à l'autre, a des traces de sang visqueux : les doigts introduits en moi ont d'évidentes marques de sang sous les ongles. Une fois oxydé, le sang ressemble plutôt à de la crotte ou à de la terre. Mes mains de ragnagnas, on dirait celles des gamins qui ont tripoté de la crasse. Je raclerai plus tard sous mes ongles pour grignoter ça. Se curer les ongles en public, c'est un peu comme se les ronger, je préfère éviter. Presque tous les gens trouvent que c'est de la faiblesse morale. De la timidité, de la nervosité.

À régler chez soi dans son coin. Bouffer ou se faire bouffer par les autres. Un café, s'il vous plaît. Arôme caramel, je vais m'offrir ça pour me récompenser d'avoir fait ce long chemin.

Je paie avec mon billet sanglant, heureuse qu'il puisse circuler tôt ou tard de main en main. Pour l'instant, on le coince dans le tiroir-caisse sous une pince en plastique, en attendant qu'il puisse servir à rendre la monnaie. Là, il ira dans le porte-monnaie d'un malade, puis dans le monde entier, une fois que son propriétaire sera sorti de l'hôpital. Quand on me remet un billet taché de sang, je pense toujours à une lésion du nez due à un excès de coke. Il arrive souvent qu'un peu de sang se retrouve au bout du billet roulé qui était dans le nez. Un peu de mucosité, un peu de sang. Il va falloir que je révise mes classiques : il y a diverses manières de laisser du sang sur un billet de banque. Je porte ma tasse de café et ma monnaie jusqu'à une table vide. Gagné. Je me prends un café comme un patient lambda. Et pour arriver là, j'ai fait bien du chemin en perturbant au moins trois personnes par des comportements antihygiéniques. Une bonne journée, en somme.

Tout en buvant mon café, je décide de réfléchir au meilleur moyen de prolonger mon séjour à l'hôpital. Il va falloir que je me fasse une autre blessure ou que je rouvre l'ancienne. Mais comment me débrouiller pour que ça n'ait pas l'air prémédité et que mes parents ne se doutent de rien ? Sans parler des médecins… La salle se remplit lentement, probablement à cause de la bonne vieille heure du goûter. La plupart des gens hospitalisés n'ont qu'une envie, c'est d'en sortir très vite ; moi, je veux rester le plus longtemps possible. À part moi, il n'y a guère que les clodos qui aient envie de prendre racine à l'hosto. Dans notre ville, il y a Willi l'aveugle. Je ne sais pourquoi il a ce nom, puisqu'il n'est pas aveugle. En tout cas, quand je lui parle il ne l'est pas. Je veux toujours lui donner des sous. D'après ma mère, si on leur en donne, ils ne font que se tuer plus vite en picolant ou en achetant de la drogue. Elle n'a rien compris. À chaque balade sans elle, j'ai parlé à Willi et j'ai eu le courage de le faire de très près pour le renifler. Il ne sentait absolument pas l'alcool, donc sur ce point elle se trompait. Quant à la drogue, je lui ai posé la question et il a rigolé en hochant la tête. Je le crois. J'ai donc fauché du fric dans le portefeuille de Maman et je l'ai mis de côté pour lui. Chaque fois que j'allais en ville toute seule, je le lui passais en prétendant que c'était de la part de ma mère. Ah, vous lui direz bien des choses… Mais je lui interdisais de la remercier en expliquant qu'elle n'aimait pas les actions de grâce en public. Du coup, il prenait cette bondieusarde pour une dame très bien, modeste et généreuse comme tout. Pour Willi, à la maison, j'ai aussi volé des sacs de couchage, de la nourriture et des habits. Il pensait que ça venait d'elle. Quand je passais près de lui avec Maman, nous échangions un bref regard, lui et moi, avant de baisser les yeux, complices.

Willi est sûrement content de pouvoir passer une nuit à l'hôpital quand il a mal à la jambe ou ailleurs.

Moi, je vais devoir y passer bien des jours pour que les visites répétées de mes parents les amènent à se remettre ensemble. Et si j'achetais sa maladie à chaque patient ? Non, pas besoin de gamberger là-dessus, ça ne marchera pas plus que l'échange des seins avec ma copine Corinna. Elle a des seins énormes avec des aréoles rose pâle, toutes molles, alors que les miens sont petits avec des bouts durs, ocre foncé. Chaque fois que je vois ses lolos à travers un tee-shirt, j'ai tout de suite envie de les échanger contre les miens. J'imagine qu'on va voir ensemble un chirurgien esthétique qui nous enlève les seins pour les recoudre sur le corps de l'autre. Interdit d'y penser : j'ai beau en avoir drôlement envie, c'est carrément infaisable ; ça me tue qu'une opération de ce genre ne soit pas encore possible. De plus, il faudrait que je demande à Corinna si elle est d'accord. Je ne peux pas le faire sans son consentement. Quoique… Mais je perdrais sans doute une amie. De toute façon, inutile d'y penser puisque c'est carrément hors de question. Essaie de comprendre ce truc, Hélène, et arrête de te faire du mal en élaborant sans cesse des plans absurdes. De même que tu gaspilles ton énergie psychique à te demander à qui tu pourrais acheter telle maladie et pour quelle somme dans cet endroit. C'est exclu.

Ici, pas moyen de concocter tranquillement un plan pour prolonger mon séjour : les autres clients de la cafétéria m'empêchent de me concentrer.

De plus, je m'aperçois que le café commence à me faire son effet habituel. Je commence à avoir des borborygmes et autres gargouillements. Ma réaction à une tasse de café est celle d'un indigène qui en boirait pour la première fois de sa vie, dans la forêt vierge : de gros symptômes d'intoxication. Une demi-tasse de café me donne *illico* la diarrhée. J'ai déjà fait le test pipi-café, sur les conseils de mon père. Le matin au réveil, si on a envie de pisser, c'est surtout parce que la vessie a accumulé du liquide toute la nuit. Une fois qu'elle est vide, on peut partir du principe qu'il n'y a presque plus de pipi en circulation dans le corps. Si on boit ensuite une tasse de café au petit déjeuner, le corps est tellement intoxiqué qu'il a besoin de beaucoup d'eau pour évacuer vite fait ce breuvage toxique. On a envie d'aller aux toilettes dès qu'on a fini sa tasse, et on pisse plus de liquide qu'on n'en a absorbé sous forme de café. Chose que j'ai scientifiquement prouvée en utilisant ma tasse de café comme unité de mesure, aux cabinets. Le pipi déborde toujours, ce qui m'a permis de démontrer, à la grande joie de mon père, l'effet déshydratant du café. Ma mère, elle, n'apprécie pas : elle trouve que l'urine n'a rien à faire dans les tasses à café.

Vite dans ma chambre. C'est parti, mon organisme veut rejeter ce café. Impossible d'utiliser les toilettes publiques à cet étage si j'ai envie de chier : j'en ai tellement peur que j'ai besoin d'être tranquille. Peut-être que je ne pourrai pas m'empêcher de hurler de douleur. Pas idéal ici, d'autant que je veux agir en douce. Filons dans ma chambre. Pour une fois, je ne dépose pas ma tasse sur le chariot crasseux de la vaisselle à la sortie, quoique j'aie l'intention d'être une patiente modèle. En cas d'urgence, on a bien le droit de se lever et d'aller lentement jusqu'à l'ascenseur tout en contractant un vague reste de sphincter, histoire d'éviter les fuites dans la toge.

Ma petite plaisanterie m'a coûté un tampon *do-it-yourself*, je m'en aperçois juste à temps. Le mieux est de contracter tout le bas du corps, surtout le devant. Une Romaine à la toge maculée de sang ferait sensation à la cafétéria. Autant éviter. Les muscles de ma chatte étant bien entraînés, je peux retenir le sang assez longtemps. Quand je me laisserai aller sur le siège des cabinets, tout jaillira d'un coup. Arrivée à l'ascenseur, je me dis que j'ai déjà fait la moitié du chemin. Une fois dedans, je me tiendrai tranquille, puis à mon étage, j'aurai à peu près la même distance à parcourir qu'en bas, de ma chaise à l'ascenseur. Bling, le voilà. Je cherche aussitôt l'héritage que j'y ai laissé. Rien, plus de tampon. Je m'en doutais. Pas l'ombre d'une tache de sang. À l'hôpital, les taches de sang disparaissent à la vitesse du son. J'enfonce le bout de l'index dans mon vase de sang et, comme pour peindre avec une pomme de terre, je pose une empreinte ovale juste à l'endroit où était le truc qu'ils ont enlevé. Ils ne m'auront pas. La porte s'ouvre. Je fonce jusqu'à ma chambre, sans songer à la douleur que je pourrais ressentir. La pression est de plus en plus forte. Quand je pense à ce qui va bien pouvoir sortir et comment, je panique. Je me place au-dessus de la cuvette en écartant les jambes, retire le bouchon de gaze que j'ai dans le cul et tout suit son cours. Inutile de s'appesantir là-dessus : ça dure longtemps, ça fait très mal, ça saigne fort, et j'arrive à produire ce que tout le monde attend, mais dont on ne saura rien. Je me fabrique un nouveau bouchon en P.Q. Vite, il faut aérer, enlever cette odeur qui peut me trahir. Je commence par ouvrir la douche à fond. Un jour, on m'a expliqué que l'eau emporte la puanteur dans l'écoulement. Sans fermer la porte de la douche, je me traîne jusqu'à la fenêtre que j'ouvre toute grande ; je suis toute courbée, pire qu'avant. Mes douleurs post-fécales me font boiter, mais le temps presse. Je reviens sur mes pas, et me sers de la porte comme d'un éventail pour envoyer de l'air en direction de la fenêtre. Il n'y a plus d'odeur, mais c'est à vérifier. Rationnellement. Je sors, referme la porte de la chambre, et respire plusieurs fois à fond pour ne plus avoir dans le nez et les poumons que de l'air frais, non puant. Puis j'entre dans la chambre, comme une infirmière, et je flaire avec attention. Toutes les odeurs se sont dissipées, tout est parti, lavé. Pas de preuves. Mission accomplie. Je coupe l'eau et j'offre à mon flux menstruel un nouveau tampon maison. Voilà, je suis tranquille. Et maintenant, que faire ? Je m'étends sur le lit et je ferme les yeux. Commençons par nous désexciter avant de trouver un autre sujet d'excitation.

Je pense à Robin. Je le déshabille, je le couche tout nu sur mon lit d'hôpital et le lèche doucement du coccyx à la nuque, en passant par toutes les bosses des vertèbres. Il a plein de grains de beauté. Faudrait peut-être qu'il aille chez le dermato, ce serait bête de mourir d'un cancer de la peau. Après tout, il est infirmier et ne peut pas se permettre de mourir d'une maladie non décelée à temps. Autant se faire écraser, ou se suicider à cause d'un chagrin d'amour. Pour mes beaux yeux, par exemple. Je lui lèche toutes les vertèbres une par une en redescendant jusqu'à la raie du cul. Je lui écarte les fesses pour lui lécher le trou de balle, d'abord sur le pourtour, puis en dardant une langue bien raide dans son sphincter contracté. Ma main gauche s'égare sous les fesses pour atteindre la queue. Elle est aussi dure qu'un galet oblong recouvert de peau chaude. Ma langue s'enfonce encore plus dans son cul et je serre bien le gland dans ma main. Je veux qu'il gicle un max sur mon poing serré et que tout ressorte de l'autre côté. C'est exactement ce qui se produit. Il ne peut pas faire autrement, car je lui tiens le gland bien fort sans le lâcher. Je rouvre les yeux. Quel cochon, ce

Robin ! Je ne peux pas m'empêcher de rire, amusée par ces fantasmes grivois qui me viennent, faute de mieux. Pour me distraire, je peux me passer de télé…

On frappe. Vu la chance que j'ai, c'est peut-être Robin qui va tout de suite lire sur mon visage ce que je viens d'imaginer. Non, c'est une infirmière qui me demande si je suis allée à la selle.

— Moi non, et vous ?

L'infirmière sort avec un sourire consterné.

Alors, Hélène, toi qui voulais être une bonne patiente… Sauf que ces vérifications incessantes et la répétition du mot « selle » vous empêchent de tenir le coup longtemps et de rester gentille. Mais bon, passons. À présent, de deux choses l'une : je vais aller pisser, et j'en profiterai pour prendre de l'eau gazeuse dans le couloir pour arroser mes noyaux dans leur cachette. Comme à chaque fois, je descends du lit en faisant une glissade sur le matelas, jusqu'à ce que je sente la terre ferme sous mes pieds. De petits élancements se font peu à peu sentir. L'anesthésiste m'avait prévenue, ça commence… Je vais lentement dans la douche à pas de canard, relève ma blouse d'hôpital et pisse debout, dans la position qui sied à une bonne patiente du cul. Pas besoin de tirer la chasse d'eau, vu que personne n'utilise ces toilettes à part moi. Et c'est encore un moyen d'agacer les adeptes de l'hygiène. Sur le lavabo, je prends le verre à dents et le remplis à ras bord. Papa m'a déjà expliqué que l'eau peut même dépasser légèrement le pourtour du verre, à cause de la tension de la surface ou de je ne sais trop quoi, j'ai un peu oublié. Faudra que je lui repose la question quand il viendra, ça me fera un bon sujet de conversation. Avec lui, il vaut mieux en préparer : il aime bien s'étendre sur ce genre de choses, et ça évite les trous de la conversation qui peuvent être pénibles.

Je vide le verre d'un trait. C'est bon aussi, l'eau plate, ça change des bulles.

Je garde simplement ma blouse nouée en haut. Par pudeur, je refuse que mes copines du lycée viennent me voir, mais ici, ça m'est égal d'être nue devant tout le monde en permanence. D'autant qu'ils en ont sûrement vu de toutes les couleurs. En sortant de la douche, au lieu de me recoucher, je vais dans le couloir. Je reste un peu à regarder autour de moi. En allant à la cafétéria, j'ai tout de même repéré un coin pour les visites où on peut se faire du thé et se servir de la fontaine à café. Il y a aussi un énorme empilement de cartons d'eau minérale, sans doute pour qu'on se serve soi-même, du moins je l'espère. Je tente le coup : pour les noyaux, il me faut plus d'une bouteille. Les infirmières n'en rapportent une nouvelle qu'une fois qu'on a fini la précédente. Pour ne pas m'embêter à les faire courir dans tous les sens, je vais moi-même jusqu'au coin des boissons. J'y trouve une famille en train de bavarder à voix basse. Les infirmières devraient prendre modèle sur elle. Un des hommes du groupe est en pyjama et en robe de chambre : j'en conclus que le malade du cul, c'est lui. N'ayant aucune envie de dire bonjour, je me prends trois bouteilles d'eau gazeuse dans la caisse du haut. D'après ce que j'entends, ma vue de dos provoque une grande agitation. C'est ça, amusez-vous. Je regagne aussi vite que possible mon antre où je suis en sécurité.

Sans rien effleurer avec mes fesses, je me fraie un chemin entre le rebord de la fenêtre et le lit, jusqu'au bout, où j'ai construit ma serre à avocats avec la Bible, à l'abri des regards des médecins, des infirmières et de Robin. Lui, il faut tout de même qu'il la voie, je la lui montrerai à l'occasion. Il en a vu d'autres. Tiens, quand j'y pense, il pourrait aussi photographier l'évolution de mon trou de balle.

Soulevant la Bible avec précaution, je rajoute de l'eau dans tous les verres. Au soleil, si près de la fenêtre, elle s'évapore assez vite. Et toi qui pensais ne rien avoir à faire, Hélène ! Il y a ici des êtres dont la survie dépend de toi. Tu as intérêt à ne pas oublier de les arroser. Certains noyaux sont déjà à sec, et toi qui as l'impression de t'embêter, pfff... Cela dit, ils ont encore belle allure. Il y en a parfois qui se mettent à moisir et dont je dois me séparer, même s'ils m'ont donné du mal. La plupart n'ont pas encore de racines en bas, mais si, en voilà une qui pointe sous un noyau ; un autre s'est déjà fendu. Tout va très bien pour mes noyaux, ils sont en pleine forme. Je rouvre la Bible afin de les mettre à l'abri.

Ce coin, j'y resterais bien un peu : d'ici, ma chambre est complètement différente.

Jusqu'à présent, je ne l'ai guère vue que de mon lit. Du fond de ce recoin, elle fait beaucoup plus grande. Je mets toute mon énergie à repousser le lit de quelques centimètres, puis, dos au mur, je me laisse glisser vers le bas et me retrouve cul à terre, les genoux contre le sternum. Je sens le froid du linoléum sur mes fesses et ma moule. En fait, je ne sais pas trop si c'est du lino, mais il paraît qu'il y en a dans les hôpitaux. Cette position me tire sur le trou de balle, je vais étendre les jambes sous le lit. Me voilà cachée : je ne vois pas la porte, donc personne n'apercevra ma tête en entrant dans la chambre. Mes jambes, si, mais à condition de regarder sous le lit. Ce qui ne viendrait à l'idée de personne. On regardera le lit, et s'il est vide, on se dira que je suis sortie ou à la rigueur aux toilettes. Je tâte mon entrecuisse, j'introduis deux doigts que je remue comme une pince afin de retirer mon tampon maison. Je le pose sur le radiateur, au niveau de mes épaules. Comme il ballotte un peu dans une position instable, je l'enfonce entre les lamelles du haut pour qu'il ne me tombe pas dessus. Je préfère ne pas me retrouver avec des taches bizarres dans le dos ou ailleurs dont personne ne comprendrait l'origine. Surtout que je serais la dernière à m'en apercevoir. Dès que j'ai fixé le tampon – heureusement, il colle un peu –, je pose le majeur au beau milieu de la truffe perlée que j'enfonce de la pointe de l'ongle, quitte à y faire un petit creux insoupçonnable : c'est le moyen le plus rapide de se mettre à mouiller. L'instant d'après, j'ai la chatte qui dégouline. Surproduction de sécrétions. J'ai un doigt sur la truffe perlée que je presse et frotte tour à tour, et deux doigts de l'autre main dans la chatte. Je les écarte à l'intérieur de moi pour exécuter des mouvements circulaires. En temps normal, quand ça chauffe bien, je retire les doigts de ma chatte pour les enfoncer dans le cul. Mais là, impossible, vu qu'on vient de l'opérer et de lui mettre un bouchon. Tiens, je pourrais essayer de le tâter... Les doigts plongés dans ma chatte, je les oriente vers l'arrière pour palper une très fine paroi qui la sépare du cul. À cet endroit, j'ai beau être dans la foufoune, je sens le bouchon que j'ai dans le trou de balle. Cette sensation m'est familière – non pas celle d'un bouchon, mais d'une crotte qui fait la queue en attendant poliment la permission de sortir. En promenant un doigt à l'intérieur de la chatte, on peut tâter l'étron à travers cette pellicule. Les hommes ont-ils déjà senti ça en baisant avec moi ?

Mais ils n'en parleraient jamais ; ce n'est pas vraiment le sujet à aborder avant de sauter une nana :

— Ben ça alors, tu sais ce que je viens de sentir en toi ? Hautement improbable.

Ce que j'aime aussi sentir à travers ma chatte, c'est le travail du sphincter. Je le contracte en serrant les fesses, pour sentir le muscle de l'intérieur.

Sur l'alpage, y a une vache qui bouse, alléluia, elle ouvre et ferme sa ventouse, allélu-u-ia.

Maintenant que j'ai assez exploré la face postérieure du vagin, j'ai envie d'en tripoter la paroi antérieure.

Quand je retourne complètement les deux doigts – sensation très excitante, j'aime ces rotations rapides à l'intérieur –, j'arrive à la face antérieure, juste derrière le pubis. À cet endroit, la chatte se présente comme une tablette. On parle aussi de tablettes de chocolat quand les hommes ont le ventre musclé, et on est loin du compte. En revanche, le contact de la face antérieure évoque vraiment une mini-tablette de chocolat. Ou une râpe à fromage, oui c'est ça, une surface dure et bosselée, tout à fait comme le palais, mais avec des bosses plus dingues. Comme le palais d'un lion vu d'en dessous quand il bâille. La face antérieure de la chatte, si j'appuie bien fort dessus, j'ai l'impression que je vais me pisser sur la main et je jouis tout de suite, la plupart du temps. Ce genre d'orgasme fait souvent jaillir un liquide qui ressemble à du sperme. Il n'y a guère de différence entre les hommes et les femmes, à mon avis. Mais aujourd'hui, ce n'est pas de cette façon que j'ai envie de jouir.

Pour l'instant, je vais d'ailleurs cesser mes investigations.

J'ai besoin de mes deux mains. De l'index, je frotte énergiquement les crêtes de coq, c'est pour très bientôt, une de mes mains remonte pour s'accrocher au rebord de la fenêtre. Quand je jouis, j'aime bien m'agripper à un objet.

Je jouis très vite. Enfin, en général...

Me voilà soudain trempée comme une soupe. Glacée. C'est foutu pour l'orgasme. J'ai renversé un verre d'avocat, et toute l'eau me coule sur la tête et la poitrine.

Je baisse les yeux : une fois mouillée, ma blouse d'hôpital est transparente, on aperçoit des tétons bruns en érection à cause du froid. S'il y a un concours de tee-shirt mouillé à l'hôpital, je gagne à tous les coups.

Pour l'instant, reprenons : le majeur appuie sur le clitoris en exécutant de petites rotations. De quoi m'exciter et me réchauffer un peu le bas-ventre. Mais l'excitation qui se propage dans mon bassin ne fait pas le poids à côté de l'eau froide. Encore un ratage. Je ne peux même pas me cacher sous mon lit, dans ma chambre, pour me branler en toute tranquillité, en toute lascivité. Alors qu'en temps normal, pour moi, c'est la routine.

Désolée, Hélène.

Alors que je tente de me hisser à la force du poignet et que mes fesses sont déjà quelques centimètres au-dessus de la mare, on frappe. Au même moment, la porte s'ouvre. Ici, on n'attend jamais la réponse.

Je parie qu'ils ont la main droite sur la poignée et qu'ils frappent de la main gauche, ce qui leur permet d'ouvrir la porte en même temps.

Ils me pincent donc en permanence la main sur la chatte, au lit. À un moment donné, j'ai cessé de retirer ma main : c'est encore moins discret que de la laisser en place.

À l'hôpital, on n'a pas de secrets. Je renonce à tous les miens pour ne pas me mettre à détester tous ces trouble-fête.

J'aperçois des pieds qui entrent, et le manche d'un grand balai à franges. La femme de ménage passe dans le service.

Faut pas qu'elle me voie. Son balai évolue sur le sol en traçant de douces lignes sinueuses : c'est un animal qui m'arrive dessus. Je retiens mon souffle. Dans ce genre de situation, on croit toujours que c'est la respiration qui va vous trahir. N'importe quoi... Je respire normalement, mais sans bruit. Elle commence à la porte et longe l'armoire pour aller vers le lit, en serpentant çà et là. Je vois des miettes qu'elle emporte avec le reste, et de longs cheveux bruns, probablement les miens, à qui pourraient-ils être ? Je les repère juste avant qu'ils ne soient pris dans le balai mouillé qui entraîne aussi des moutons, de jolis amas de poussière où s'entortillent des cheveux, des brindilles ou des fibres de chaussettes pour former de petits nids. Elle progresse lentement jusqu'à l'armoire métallique avec son balai qu'elle va sûrement passer sous le lit : par précaution, je ramène les jambes vers moi, aïe... Bien vu : le manche du balai est déjà appuyé contre le lit. Elle a cessé de balayer. Bruit de ferraille : elle ouvre la poubelle chromée qui est sur la table.

— Beurk.

Elle a dit quelque chose. Comment ça, beurk ?

Elle veut sûrement parler des bouts de gaze qui sont dans la poubelle. Elle n'aurait pas dû les regarder de trop près. J'y suis pour rien, moi.

Je l'entends ouvrir le tiroir de la table de chevet. Qu'est-ce qu'elle fabrique ?

Fous le camp ! Il n'y a rien à ranger, juste un truc à voler : de l'argent.

Le tiroir se referme. Dans un instant, je vais aller voir ce qui manque. Autrefois c'était notre jeu favori, à la maison : nous détournions les yeux, mon père enlevait un objet du placard ou de la table, et nous devions deviner quoi.

Je suis bonne, à ce jeu. Attends un peu, tu vas voir…

Je regarde le sol fraîchement lavé, encore tout brillant, où elle a laissé des traces de semelles. Oui, exactement, elle s'y est prise dans le mauvais sens. Si ce n'est pas malheureux… Elle commence du côté de la porte, et ensuite elle salope tout. Quand elle s'en ira, le sol sera encore plus dégueu qu'avant. Peut-être qu'elle est nouvelle. Je pourrais lui en toucher un mot, juste pour lui expliquer ce truc. Ses pieds sortent les premiers, suivis du balai qu'elle tire derrière elle comme une traîne. Toutes les traces ont disparu. Tu t'es énervée pour rien, Hélène. C'est une technique intéressante.

Elle referme la porte derrière elle, et moi, j'ai déjà commencé à me hisser sur le lit.

J'ouvre le tiroir en regardant bien dedans, et je constate à mon grand soulagement qu'il ne manque rien : ç'aurait été affreux qu'une femme de ménage vole les patients dans leur chambre. Je l'aurais dénoncée et elle aurait perdu son boulot.

Mais alors, pourquoi a-t-elle ouvert le tiroir ?

Si ça se trouve, elle veut seulement mater ce que les gens ont dedans. C'est peut-être un tic ou une manie de fétichiste, un passe-temps quoi.

On ne peut jamais savoir. Je suis convaincue que si je le lui demandais, elle ne me répondrait pas sincèrement. Malheureusement, les gens sont comme ça.

Moi, je serais du genre à avouer franchement mes manies, mais il ne viendrait à l'idée de personne de me les demander.

Je vérifie encore dans le tiroir en réfléchissant bien. C'est exact, il ne manque pas le moindre truc.

Je remonte sur mon lit et je tire la sonnette d'alarme. Une infirmière arrive à une vitesse folle, et je lui explique que la femme de ménage, en faisant la chambre, a oublié une grande flaque d'eau dans un coin. Je lui débite un mensonge, comme quoi j'ai renversé un verre d'eau. Très crédible, Hélène, il y a des moments où tu es impayable : pour que ça se produise, il aurait fallu que tu fasses exprès de balancer ce verre d'eau dans le coin. À fond les manettes. L'infirmière ne pose pas de question, ne s'étonne même pas, du moins je ne m'en aperçois pas. Et elle rappelle la femme de ménage qui était dans le couloir.

Cette dernière entre et ouvre de grands yeux en me voyant soudain trôner dans mon lit. Je relève la couverture pour cacher ma blouse mouillée, toute transparente.

L'infirmière montre à la femme de ménage le coin situé derrière le lit et lui donne des consignes d'un ton infect et autoritaire, en faisant exprès de parler petit nègre.

Elle disparaît par la porte magique. Quant à la femme de ménage, elle débloque les roulettes de mon lit et le pousse loin de la fenêtre ainsi que son contenu. C'est aussi agréable que d'être sur un tapis volant, comme on l'imagine vu que ça n'existe pas, enfin qui sait… Mais je ne manifeste aucune joie pendant le déplacement, car il vaut mieux avoir l'air fâché quand on fait rouler votre lit comme si on était en plein coma éveillé. Ou un simple objet.

Mon lit d'hôpital est beaucoup plus sensible aux virages et aux freinages qu'un siège de voiture. Quand elle arrête brusquement le lit au bout de deux mètres, je manque de tomber et je pousse un cri aigu. Chaque fois qu'il m'arrive un truc bien ou mal, je hurle. Dès que je trébuche, je pousse un grand cri. Il faut toujours tout faire sortir, sinon on attrape le cancer : c'est mon credo. Au pieu aussi, je donne de la voix. J'y suis d'ailleurs en ce moment, mais pour une autre raison.

Après avoir crié, je vois les commissures de ses lèvres monter un peu, au lieu de descendre : je l'ai pincée en train de se réjouir du malheur d'autrui, ce qui me rend dingue. Je me promets, le jour où elle sera hospitalisée et à la merci des autres, de la balader comme ça dans son lit, tel Aladin : quand elle criera, j'aurai moi aussi un petit sourire en coin qu'elle verra parfaitement. Je le jure, foi d'Hélène. Très impressionnant.

Pendant que je concocte ma vengeance des mille et une nuits, elle s'affaire autour de la flaque. Elle manie le balai à toute vitesse en faisant et refaisant le signe de l'éternité – que nous avons appris au lycée – jusqu'à ce que toute l'eau soit absorbée. Le huit couché. Encore et toujours.

Brusquement, je pense à une chose, et mon cœur ou mon poumon ou que sais-je d'autre fait un tel bond que j'en ai le vertige. Mes yeux remontent les lamelles du radiateur, et tombent dessus. Sur mon tampon de gaze plein de sang. Oh non, oublié... La femme de ménage ne l'a pas encore vu ; il faut croire que le dessus d'un radiateur encastré dans le mur n'est pas un endroit à récurer en priorité. Avec un peu de chance, elle ne s'attaquera qu'au sol pour bien le sécher et ne regardera pas plus haut que son balai. J'essaie de me tranquilliser. Pourvu qu'elle ne voie pas cette boulette de sang ! C'est bizarre, il y a des choses atrocement pénibles et d'autres simples comme bonjour. Cette femme qui pousse un cri d'horreur en ouvrant ma poubelle, que dira-t-elle en découvrant ma boulette ? Oh non, pitié...

Sans lui laisser le temps de finir son travail, je la remercie bien et lui demande de repousser mon lit près de la fenêtre. Elle n'a qu'à se casser, après m'avoir remise à ma place habituelle, comme si j'étais en fauteuil roulant.

Elle pose son balai contre le mur, attrape d'une main vigoureuse la barre horizontale de mon lit, et hop, me cogne si fort contre le rebord de la fenêtre que je pousse un nouveau cri.

Hé oui, elle a flanqué dans ce mouvement toute sa hargne à l'égard de ces patients dégueulasses derrière lesquels il faut refaire le ménage.

Elle ressort avec son balai en lançant sur le pas de la porte : « C'est drôle, ce verre d'eau est encore plein, alors qu'on l'a renversé ! »

Mon poumon ne fait qu'un tour.

Je vise la table de nuit : le verre d'eau est dessus. Je suis nulle en fabrication de faux indices.

On dirait que des heures se sont écoulées depuis que j'ai eu l'idée de me masturber dans ce coin de façon plutôt laborieuse, aux antipodes de cette lascivité et de cette détente dont je rêvais.

Je balance la boulette de sang dans ma petite poubelle.

Ne sois pas déçue, Hélène, la prochaine baise en solo sera meilleure, c'est promis.

Je regarde autour de moi : aurais-je oublié d'autres choses qu'il vaut mieux ne pas dévoiler à son prochain ?

Non, tout est comme avant, comme il faut.

Il ne me reste plus qu'à enlever cette blouse trempée en me cachant les seins avec la couverture. Une sensation très agréable, la couverture épaisse sur la peau des seins. Est-ce que les draps ont été repassés à la calandre ? Ce mot, je le lis chaque fois que je passe devant une laverie. Cette sensation de fraîcheur sur la poitrine me rappelle la maison : Maman tient beaucoup à ce que le linge de maison soit impeccable. Pour que je puisse faire des taches dessus.

Je sonne.

Pourvu que ce soit Robin et pas quelqu'un d'autre.

Il m'arrive d'avoir de la chance, c'est lui qui entre.

— Oui, Hélène, qu'est-ce qu'il y a ?

— Je peux avoir une blouse propre ?

Je lui tends l'autre roulée en boule, en ayant soin de faire glisser la couverture pour qu'il aperçoive brièvement mes nichons.

— Bien sûr. Qu'est-ce qui t'est arrivé ? Pas de nouveau saignement ou quoi que ce soit d'autre ?

Il se fait du souci pour moi. Étonnant, après tout ce que je lui ai débité et exhibé. Du jamais vu.

— Non, non, pas de saignement, mais autant te l'avouer : j'ai essayé de me masturber sous le lit, et sans faire attention, je me suis renversé un verre d'eau sur la tête qui m'a complètement trempée.

Il éclate de rire en hochant la tête :

— T'es marrante, Hélène. Je vois, tu ne veux pas me dire ce qui s'est passé. Enfin bon, je vais t'en chercher une propre. À tout de suite.

Durant les quelques instants où Robin me cherche un costume d'ange dans je ne sais quel placard, je commence déjà à m'ennuyer et à me sentir seule. Que faire ? D'une main, j'appuie sur la pédale de la poubelle posée sur la table ; de l'autre, j'en retire le tampon maison qui n'est plus rouge, mais brun, plein de vieux sang. J'ouvre la caisse en plastique, de l'autre côté, et pose cette boulette parmi les autres serviettes hygiéniques toutes propres. En espérant que mes bactéries vont se multiplier, se propager, et se poser de manière invisible sur toutes les protections et les carrés de coton. D'autant que cette caisse a bien cuit au soleil : c'est une boîte de Petri à la température idéale pour ce que je veux en faire. Sauf qu'après, il faudra que je pense à enlever le tampon. Quand j'aurai quitté les lieux, un nouveau patient du cul poursuivra mon expérience en prouvant au monde entier et à moi-même que ce n'est pas grave d'utiliser des compresses contaminées par autrui pour absorber les saignements d'une plaie ouverte. Pour surveiller ça, je viendrai tous les jours frapper à la porte, déguisée en ange vert, pour pincer des trouducs en pleine masturbation. Un moyen rapide de faire connaissance.

Revoici Robin.

Il me tend la blouse en souriant. Je rabats la couverture jusqu'en bas de mon ventre, comme s'il m'était indifférent d'être vue le buste nu. Je me mets à bavarder, juste pour me détendre, je passe par-dessus chaque bras pour retrousser l'arrière de la blouse et lui demande de me la nouer dans le dos. Il attache le petit ruban sur la nuque et me dit qu'il a pas mal de trucs à faire. Et il ajoute : malheureusement.

Il est parti depuis un certain temps, et voilà qu'on frappe à nouveau. Il a dû oublier quelque chose, ou il veut me parler. Pas de problème.

Non, c'est mon père en visite-surprise. Je n'arriverai jamais à réunir les deux dans la même pièce, enfin mes parents quoi, s'ils entrent et sortent comme dans un moulin sans en référer à la coordinatrice des visites. Mon père a un drôle de truc à la main.

— Bonjour, ma fille, comment vas-tu ?

— Bonjour Papa, tu es allé à la selle ?

— Quelle insolence ! fait-il en riant. Il comprend sûrement pourquoi je lui pose la question.

Je tends la main, comme à chaque fois que Papa veut me donner quelque chose, et il y dépose son petit cadeau, un machin bizarre emballé dans de la cellophane.

— C'est un ballon ? Un ballon gris ? Oh, merci, Papa, avec ça, je vais guérir à toute blinde.

— Ouvre-le donc, ma fille, tu vas toujours trop vite en besogne.

On dirait un coussin gonflable pour mettre sous la nuque, sauf qu'il n'est pas en demi-cercle, mais tout rond, comme une bouée en réduction.

— Alors, tu donnes ta langue au chat ? C'est un coussin spécial pour les hémorroïdes, pour que tu puisses t'asseoir sans souffrir. Si tu centres bien la plaie, elle se retrouve en l'air, et ne peut pas te faire mal vu qu'elle ne touche rien.

— Oh, merci, Papa !

Il s'est manifestement creusé la tête pour me soulager. Mon père est donc capable de sentiments, même à mon égard. Super.

— Et tu l'as trouvé où ?

— Dans un magasin de sanitaires.

— D'articles sanitaires, tu veux dire.

Étant donné notre relation, c'est déjà une longue conversation.

J'arrache la cellophane et me mets à gonfler le coussin circulaire. Mais rester longtemps au lit à fantasmer sur son infirmier ne renforce pas vraiment les poumons : au bout de quelques expirations, je vois trente-six chandelles. Je passe le coussin à Papa pour qu'il termine le boulot.

À la fin, j'ai fait exprès de baver copieusement sur le téton gonfleur. Papa se le colle dans la bouche sans l'essuyer, ce qui est tout de même la première étape d'un baiser mouillé, il me semble, non ? J'aime imaginer que je baise avec mon père, je vois très bien le truc. Quand j'étais petite et que mes parents vivaient encore ensemble, le matin, ils sortaient de leur chambre tout nus pour aller dans la salle de bains. Mon père portait toujours au niveau des hanches un gourdin qui me fascinait depuis ma plus tendre enfance. Ils se disaient sans doute que je ne m'en rendais pas compte. Or je m'en étais aperçue, et comment…

À l'époque, je n'avais pas entendu parler de la trique du matin. J'ai appris ça bien plus tard : pendant des années de baise avec les mecs, j'ai cru que j'étais la cause de ces érections matinales. Quelle déception quand on m'a expliqué que les hommes ont le barreau de chaise pour empêcher la pisse de couler ! Une énorme déception.

Je souris en regardant mon père gonfler le coussin avec sérieux, en se concentrant. Cette façon qu'il a de se mettre en quatre me rappelle le temps où nous étions en vacances à la plage, et où il devait gonfler jusqu'à l'épuisement toutes sortes d'animaux et de matelas en plastique pour mon frère et moi. Si ce n'est pas de l'amour paternel… Il devait aussi m'enduire le dos de crème pour me protéger du soleil. Je me chargeais de tous les endroits que je pouvais atteindre, et là, je n'avais jamais de coups de soleil. Mon père s'occupait du dos, qui était toujours cramé, parfois même carbonisé. Le soir, quand j'essayais de regarder mon dos plein de coups de soleil dans le miroir, je m'apercevais que Papa avait bâclé le travail : j'avais un grand point d'interrogation blanc, et tout le reste était rouge vif. Il s'était manifestement mis un peu de crème dans le creux de la main, il me l'avait étalée dans le dos en une seule fois, d'un geste circulaire, et voilà tout. D'ailleurs, j'ai toujours remarqué qu'il allait beaucoup trop vite. Bon, assez parlé de l'amour paternel. Je lui en avais sans doute trop demandé. À coup sûr. C'est une manie que j'ai. D'en demander toujours trop.

Il me voit sourire.

— Quèchekia ? Il a toujours le téton en bouche.

Il a bien mélangé sa salive à la mienne : est-ce que ça lui plaît autant qu'à moi ? Est-ce qu'il y pense, lui aussi, à ces choses-là ? Si on ne pose pas la question, pas moyen de savoir. Et je ne vais pas le lui demander.

— Rien, je te remercie de m'avoir acheté ce coussin et de le gonfler.

La porte s'ouvre. Maintenant, on ne frappe même plus.

C'est une nouvelle infirmière. Combien y en a-t-il ici ?

Je sais déjà ce qu'elle veut.

— Non, je ne suis pas allée à la selle.

— Ce n'est pas ce que je voulais savoir. Je venais juste changer le sac-poubelle, vu que vous jetez une certaine quantité de compresses de gaze.

— C'est surtout mon cul qui produit une certaine quantité de sauce brune et de sauce au sang.

Regards étonnés de mon père et de l'infirmière qui porte le nom de Valérie sur son badge. Allez-y, payez-vous ma tête. Ben oui, les propos édulcorés des infirmières commencent à m'énerver.

Valérie retire très vite le sac, le ferme avec un joli petit nœud, ouvre le nouveau sac en y faisant entrer de l'air d'un seul coup, et l'enfonce dans la poubelle. Elle regarde mon père qui gonfle le coussin.

Après avoir claqué le couvercle de la poubelle, elle lance en sortant :

— Au cas où le coussin serait pour la patiente, c'est déconseillé : ça risque de tout rouvrir quand on s'assied dessus. C'est pour les gens dont les hémorroïdes n'ont pas été opérées.

Mon père se lève et range le coussin dans le placard, tout penaud de m'avoir offert un cadeau empoisonné.

Quelle est l'étape suivante ? Il dit qu'il doit se sauver, qu'il a encore du travail à faire. Quel travail, au juste ?

Il y a des questions comme ça qu'il faut poser très tôt, sinon c'est fichu.

Pendant des années, étant très occupée avec les mecs, je me suis pas mal foutue du boulot de mon père. Grâce aux allusions faites par d'autres pendant des repas de famille, je devine que c'est en rapport avec la science et la recherche.

Je me promets d'aller chercher des indices dans l'armoire secrète de Papa dès ma sortie de l'hôpital, donc pas dans l'immédiat, j'espère.

— O.K., et bien le bonjour aux collègues du père inconnu.

— Quels collègues ? répond-il doucement en sortant.

Il a plein de cheveux gris et argentés. Bref, il n'en a plus pour longtemps, et il va bientôt falloir lui dire adieu. Vaut mieux que je m'y habitue tout de suite, ça fera moins mal, le moment venu. Je mets déjà un pense-bête dans mon cerveau étourdi et plein de trous : dire adieu à Papa en toute tranquillité. Le jour J, tout le monde sera étonné que je m'en sorte si bien. Première au concours des obsèques pour cause d'anticipation du travail de deuil.

En tout cas, grâce à cette visite éclair de mon père, je sais désormais comment me débrouiller pour rester un certain temps à l'hôpital. Je n'ai qu'à m'asseoir avec conviction sur ce coussin circulaire pour tout rouvrir. Cette ronchon de Valérie me l'a bien promis. Sauf que je ne dois pas me faire pincer. J'avale un comprimé, une petite anesthésie ne sera pas de trop.

Selon ma méthode habituelle, je me laisse glisser sur le ventre pour descendre du lit, et je vais jusqu'au placard, pliée en deux par des élancements. Rouvrant la porte que mon père a fermée, j'aperçois l'objet du délit, tout en bas. Pas question de s'accroupir normalement en pliant les jambes, ce serait trop douloureux : il va falloir que je trouve un autre moyen de le ramasser. Les jambes tendues, je me plie au niveau des hanches en gardant le dos droit. J'ai l'air d'un L inversé. Ma main atteint tout juste la bouée. Gagné. On redresse le buste, et c'est parti pour le chemin du retour. Une fois près du lit, je pose la petite bouée de sauvetage assez au bord pour pouvoir m'installer dessus sans avoir à sauter. Le cul tourné vers le lit, je me pose comme un oiseau sur son nid. Je me dandine un peu : sur le pont d'Avignon, on y danse tout en rond. Les mouvements tendent à bloc la peau de la plaie. Je me relève pour me tâter l'arrière-train. Pas une trace de sang sur la main. Valérie, tu as parlé en l'air.

Que faire ? C'était un bon plan de rouvrir la plaie, mais ça ne marche pas avec ce coussin. Je le balance sur le lit. Va falloir trouver autre chose pour se défoncer le cul. Allez, concentre-toi, Hélène, tu n'as pas beaucoup de temps devant toi. Tu sais que la porte s'ouvre à tout bout de champ et que des témoins peuvent entrer. Je passe en revue tous les objets dont je dispose dans ma chambre : table de chevet : inutilisable. Bouteille d'eau : peut être introduite, mais d'après moi, sans produire la lésion voulue. Cuillers : inoffensives. Bol à muesli : improbable. Je vais regarder sous mon lit : ça y est, j'y suis, le frein qui bloque les roues du lit, de grandes roues en métal, recouvertes de caoutchouc. Avec une sorte de pédale de frein qui dépasse, en métal. Je jette mon dévolu sur elle et fonce sur le lit ; je me place le dos contre le matelas, glisse vers le bas d'un seul coup pour que mon cul heurte violemment la pédale. Je la chevauche en tortillant des fesses, je hurle de douleur en me fermant la bouche des deux mains : derrière, il y a plein de gémissements. Eh bien, si ça ne suffit pas... Je sens parfaitement la pédale qui entre dans la plaie. En poussant bien d'en haut, je l'enfonce encore plus profond. Là, ça devrait aller. Bien joué, Hélène, t'as du cran. Je souffre tellement que je pleure en tremblant. Cette fois, je crois que j'y suis arrivée. Ma main testeuse et essuyeuse se balade par-derrière, je jette un œil, elle est pleine de sang rouge tout frais. Faut que je m'étende vite fait pour ne pas tomber à la renverse, ce n'est pas le but de la manœuvre. Il faut qu'on me trouve étendue sur mon lit : je pourrai prétendre que ça m'est arrivé tout bêtement quand j'étais couchée. Et c'est ce que je fais.

J'ai horriblement mal, la main encore posée sur la bouche et le visage baigné de larmes. Dois-je appeler tout de suite ou attendre que ma blessure ait meilleure allure ? Je vais attendre, j'y arriverai bien. N'oublie pas, Hélène, d'essuyer aussi la pédale de frein et d'effacer les autres traces. Je vais cacher le coussin sous la couverture ; je m'en occuperai plus tard. Le sang coule de plus en plus fort. Je me mets rapidement la main au cul : elle est encore plus ensanglantée que la première fois. La sensation que j'éprouve entre les jambes et sur les cuisses est tout à fait celle du pipi dans la culotte. Lorsqu'un liquide à la température du corps vous dégouline dessus, on pense d'abord tout naturellement au pipi, qui nous est plus familier. Étendue dans une mare de sang, je pleure. Rouvrant les yeux, j'aperçois un bouchon dévissé, celui de l'eau minérale, qui traîne sur ma table de chevet : je l'attrape pour essayer d'y recueillir des larmes.

C'est un petit défi qui a le mérite de me faire oublier une douleur atroce ; quant aux larmes, je leur trouverai bien une utilisation par la suite. Moi qui pleure très rarement, me voilà transformée en fontaine. D'eau, en haut, et de sang, en bas.

Je tiens le bouchon tout près de mes glandes lacrymales, puis, au bout d'un certain temps, je regarde combien j'en ai recueilli : tout le fond en est déjà couvert. Assez poireauté, Hélène, tire la sonnette. En attendant qu'on vienne, je cache mon bouchon de larmes derrière le bazar de la table de chevet pour que ces abrutis ne le renversent pas. C'est qu'il y en a, de la douleur, dans ce petit récipient.

Il est grand temps qu'on arrive, à mon avis : je me vide de mon sang. Que j'aie provoqué cette hémorragie ou qu'elle soit arrivée toute seule, il faut qu'on m'aide à la stopper. J'ai déjà tellement perdu de sang qu'il dégouline sur le sol. C'est bizarre, en principe, le lit devrait tout absorber. Ah, je sais : le sang s'accumule sur les alèses en plastique qui empêchent le matelas d'être trempé comme une soupe. Le sang me ruisselle le long du corps, je l'observe de mon lit : par terre, il y en a de plus en plus. C'est un spectacle intéressant. On se croirait chez le boucher, sauf qu'au milieu d'un étal, il y a une rigole et un trou pour l'écoulement du sang. Le service de proctologie pourrait y songer. Cela dit, tous les patients du cul ne s'infligent pas le même traitement que moi. Un écoulement dans le sol, non, c'est une mauvaise idée : autant y renoncer. Je resonne. Trois coups. J'entends que ça ne donne rien dans le couloir. Pourtant, avec trois coups de sonnette successifs, ça doit bourdonner en permanence dans la salle des infirmières. Elles ne veulent sans doute pas que les patients les rendent dingues. Je vois tout de même un système qui pourrait nettement affiner la communication entre les malades et le personnel. Un coup de sonnette : je voudrais un peu plus de beurre sur mon pain complet. Deux coups de sonnette : j'aurais besoin d'un vase avec de l'eau dedans. Trois coups de sonnette : au secours, je perds tellement de sang par le trou de balle que je n'en ai presque plus dans le cerveau pour avoir les idées claires, et que j'ai de fausses bonnes idées pour optimiser la vie à l'hôpital.

J'aperçois cette pédale de frein toute souillée de sang : il faut que je l'essuie, sinon on va découvrir le pot aux roses. Je me lève d'un bond, au risque de déraper sur la flaque. Une main sur la barre, j'avance lentement jusqu'au pied du lit. J'ai du sang qui me remonte sur le cou-de-pied en passant par les orteils : risque de chaussée glissante, hémoplaning ! Penchée sur la pédale, je la nettoie avec un coin de ma blouse. Les traces sont effacées, du moins sur la pédale. J'ai mal quand je m'accroupis et quand je marche, je ne vais pas tarder à m'écrouler. Vas-y, Hélène, tu as encore la force de te remettre au lit. Couche-toi, ma puce. Voilà, c'est bon. J'ai le visage enfoui dans les mains.

J'attends une éternité. Il faut toujours attendre. Je pourrais aussi aller à leur rencontre et les affoler en laissant une longue traînée de sang dans le couloir. Je me retiens de le faire.

J'ai la tête qui tourne, et cette odeur de sang, partout... Pour passer le temps, je pourrais donner un coup de chiffon, moi qui ai décidé d'être la meilleure patiente qu'ils aient jamais vue… Mais ne soyons pas trop exigeante avec nous-même, ce n'est pas le moment de faire le ménage.

Clac, la porte s'ouvre, c'est Robin. Tant mieux, il sait y faire. Faire quoi, au juste, Hélène ? Bah, peu importe, au point où j'en suis…

J'explique tout de suite : « Je ne sais pas ce qui m'arrive, j'ai dû faire un faux mouvement et vlan, le sang s'est mis à couler. Comment arranger ça ? »

Robin ouvre de grands yeux et répond qu'il appelle le professeur.

Il s'approche de moi, lui qui vient de déclarer qu'il allait appeler.

Il me dit que je suis toute pâle. Il a mis le pied dans la mare, et en sortant, il laisse des traces de sang dans toute la chambre.

Je pense encore : attention à l'hémoplaning. Je plaque les deux mains sur l'hémorragie, pour la stopper. J'ai les mains qui dégoulinent de sang ; quel gâchis… Pourtant, la plupart des gens n'ont pas assez de sang. Ou bien est-ce qu'ils ont plutôt une maladie du sang ? Qu'est-ce que j'en sais, moi…

L'anémie, oui, c'est ça, il y a des gens dont on dit qu'ils sont anémiques. Exsangues, quoi. Tu vas l'être aussi, Hélène, si ça continue.

L'anesthésiste entre. Il me demande si j'ai mangé. Oui, et même beaucoup de muesli au petit déjeuner. Dommage, fait-il. Pourquoi ?

— Parce que vous ne pourrez pas avoir une anesthésie générale, à cause des éventuels vomissements qui risquent de provoquer une asphyxie. Donc on ne peut envisager qu'une péridurale.

Il se précipite dehors et revient avec un formulaire, des seringues et tout le bordel.

Mais la péridurale, c'est plutôt pour les femmes enceintes infoutues d'accoucher comme tout le monde. Pour les dégonflées qui veulent un accouchement par voie basse, mais de préférence sans douleur. *Dixit* ma mère.

Faut que je signe un vague papier, je ne sais pas ce que c'est, n'ayant pas écouté ce médecin. J'ai confiance en lui, même s'il m'inquiète en se mettant à courir partout, lui qui est par ailleurs très placide. Je me fais du souci pour moi. Il a l'air tellement pressé.

Ils doivent trouver que je perds trop de sang en trop peu de temps. Maintenant, je comprends qu'ils s'en sont aperçus aussi bien que moi, et je me sens très mal, j'ai peur de mourir à cause de ce projet consistant à accoupler mes parents. Ce détail n'est franchement pas prévu dans mon plan.

Le médecin me dit de m'asseoir sur le lit, de me pencher en avant en faisant le dos rond comme un chat, pour qu'il puisse me désinfecter et introduire un gros cathéter entre les vertèbres lombaires, où il injectera le produit. Pas très agréable à entendre.

Je déteste qu'on s'approche de la moelle épinière : s'ils se gourent, on reste handicapé pour toujours et on ne sent plus rien pendant les rapports sexuels. Du coup, autant laisser tomber le sexe. Il doit sûrement être en train de faire tout ce qu'il explique : je le sens trifouiller là derrière, essuyer, et passer à l'acte. Assise dans cette position, je rentre en plein dans la douleur : j'ai l'impression que mon cul se déchire de plus en plus.

Il dit que d'ici quinze minutes, je ne sentirai plus rien de l'endroit de la piqûre jusqu'aux orteils. Il trouve le temps long. Moi aussi : ça se mesure en litres d'hémoglobine à la minute. Il sort en disant qu'il revient tout de suite. Bon. Je sors mon téléphone portable pour minuter tout. L'heure est passée de dix minutes. À vingt-cinq, je serai prête pour la salle d'op.

Robin rentre et m'annonce que le professeur n'a pas le temps de passer me voir : il a décidé d'opérer d'urgence, vu l'hémorragie...

Opération d'urgence. Merde alors, c'est inquiétant. Mais aussi important et excitant : je ne compte pas pour des prunes, dirait-on. C'est le moment d'attirer mes parents ici.

J'écris à Robin le numéro de mes parents en lui demandant de les appeler pendant l'opération pour qu'ils viennent me voir.

Revoici l'anesthésiste qui veut m'emmener au bloc. Je me tâte les cuisses, elles sont encore sensibles. Hé, stop, je sens encore tout, faut pas m'opérer tout de suite ! Coup d'œil sur mon portable : il est le quart. Juste cinq minutes de passées.

C'est une blague, ou quoi ? Ils ne vont pas attendre que l'anesthésie agisse. Ils sont encore plus pressés que je l'imaginais. Tout ça n'est pas rassurant.

Robin pousse mon lit dans le couloir. On ne m'a pas permis de prendre mon portable à cause des appareils. Quels appareils ? On va décoller, ou quoi ? Et puis après tout, je m'en fous.

Si je me souviens bien, c'est plein d'horloges dans tous les couloirs et dans l'antichambre stérile. De grandes horloges noires et blanches, comme dans les gares. Pourquoi en ont-ils flanqué dans les hôpitaux ? Qu'est-ce qu'on est censé comprendre ? Ceux-là, je ne les laisserai pas m'enfoncer leurs outils dans le cul avant la fin de ce quart d'heure, même si je me vide complètement de mon sang. T'es combative, Hélène, et surtout con. Tu ne veux tout de même pas mourir !

Là, au moins, mes parents auraient une excellente raison de se remettre ensemble. Le deuil les rapprocherait d'un seul coup. Ils auraient du mal à croire aux consolations de leurs compagnons respectifs, sachant que ces derniers n'ont jamais vraiment accepté leur belle-fille. Mais une fois que la belle-fille est morte, le compagnon est démasqué : on voit enfin qui a gagné la lutte pour le pouvoir et qui l'a perdue. Formidable, ce plan, Hélène, sauf que tu ne seras plus là pour les voir se rabibocher. Une fois morte, tu ne regarderas rien d'en haut.

Vu que pour toi, c'est sûr, il n'y a pas de ciel. Nous sommes simplement des animaux très évolués qui, après la mort, pourrissent sous terre ou sont bouffés par les vers. Du coup, impossible de regarder d'en haut les chers animaux qui t'ont engendrée : tout finit par être bouffé, notre prétendue âme, notre mémoire, tous nos souvenirs et notre amour sont transformés, avec le cerveau, en merde de vermine. Même les yeux et la chatte. Aucune différence pour la vermine, elle aime autant les synapses des neurones que les clitoris. N'ayant pas une vision très claire de la situation, elle se fiche pas mal de savoir qui elle est en train de déguster ou quoi, l'important c'est qu'elle se régale !

Revenons à la question de l'heure. Je passe à côté de pas mal d'horloges en très peu de temps.

Cette fois-ci, comme Robin fonce, il heurte souvent les murs. La mare de sang s'agrandit sous moi, je le sens nettement.

Le creux du matelas qui s'est formé sous mes fesses a déjà débordé depuis longtemps, et c'est très mauvais signe que je sois encore capable de m'en rendre compte. Si j'ai bien compris les explications de l'anesthésiste, je devrais avoir l'impression d'être paraplégique avant qu'on ne s'acharne sur moi. Et s'il me reste autant de sensations dans les jambes, qu'est-ce que ça doit être dans le cul !

Nous voici dans l'antichambre stérile, avec une dernière horloge de gare. J'en étais sûre, gagné, c'est moi qui en ai repéré le plus. Coup d'œil sur la grande aiguille : il est dix-huit. Robin m'explique qu'on va s'installer tout de suite, dès que la salle d'op aura été préparée. Sans détacher les yeux de la grande aiguille, je fais : « Je ne suis pas maniaque de l'ordre, moi. Pas besoin de tout ranger, j'aime bien regarder ce qu'on a trafiqué avant. »

Robin et l'anesthésiste éclatent de rire : ça, c'est du Hélène tout craché. Toujours le mot pour rire, même dans les pires situations. Pour ne pas laisser voir que j'ai peur de ces types et de leurs mains dans mon cul. Moi qui suis si fière d'avoir les sphincters extensibles quand je baise, je trouve que plusieurs mains d'hommes, ça fait trop. Désolée, je ne vois pas l'avantage.

Je connais déjà, pour mon malheur, la sensation du sphincter complètement dilaté. Et dire que cette fois ils vont opérer sans anesthésie générale.

Ces salauds, ils sont malades… Dans ma peur, j'attrape la main de Robin qui est tout près et je la serre très fort. On dirait qu'il a l'habitude, ça ne le surprend pas du tout.

Je suppose que toutes les mémères font ça, avant de se faire opérer. Les opérations, ça rend très nerveux, les voyages aussi. Et une opération, c'est un peu comme un voyage, on ne sait pas si on en reviendra.

Un voyage au pays de la douleur. J'écrase tellement la main de Robin que j'y laisse des traces blanches ; j'y enfonce mes ongles longs pour me distinguer des mémères, au moins par le motif de l'empreinte. La grande porte électrique de la salle d'op s'ouvre et une infirmière portant un masque lance d'un air revêche : « C'est parti ! »

Quelle salope... Paniquée, je regarde l'heure. La grande aiguille bouge soudain et, avec un petit bruit, se pose sur le quatre. Clac. Il est vingt ! L'aiguille vibre encore.

En principe, on devrait attendre cinq minutes de plus. Non, même pas, je sens encore tout. Je vous en prie, ne commencez pas tout de suite ! Je le pense sans rien dire. C'est ta faute, Hélène. Toi qui voulais saigner, tu as gagné. J'ai presque envie de vomir, mais je ne le dis pas non plus. Ils s'en apercevront bien, si ça m'arrive. Maintenant, plus rien n'a d'importance.

— J'ai peur, Robin.

— Moi aussi, j'ai peur pour toi.

C'est tout vu. Il m'aime. Je le savais bien : ça va parfois très vite. En m'aidant de l'autre main, je tiens sa main bien serrée. Je le regarde bien dans les yeux, avec un sourire forcé, puis je le laisse partir.

On pousse mon lit en salle d'op, et on me soulève pour me mettre sur un autre lit. Les infirmières m'attrapent chacune par une jambe qu'elles suspendent à de longues sangles descendant du plafond. On les attache aux chevilles avant de hisser le tout en tirant bien fort, un peu comme avec un palan. Mes jambes se retrouvent tendues en l'air ; on se croirait chez le gynéco, mais dans une position exagérée permettant à n'importe qui de se faufiler dans mon cul comme il veut. De longs cils au-dessus d'un masque : voici le docteur Notz, professeur médecin des hôpitaux. Robin est reparti. Il ne supporte peut-être pas. L'anesthésiste s'installe à côté de ma tête et m'explique qu'on va commencer dès maintenant, vu que je perds beaucoup de sang. Selon lui, si j'ai l'impression de tout sentir, c'est parce qu'il me reste encore une petite sensibilité de rien du tout. Mais en fait, ajoute-t-il, je ne sens plus qu'une infime partie de tout ce qui m'arrive. On a tendu un rideau vert clair entre ma tête et mon cul, sans doute pour que ce dernier ne voie pas mon air horrifié.

Je demande tout bas à l'anesthésiste ce qu'ils vont faire au juste.

Il m'explique, comme si j'avais six ans, qu'on va devoir me recoudre, même si, en général, on essaie d'éviter. Lors de ma première opération, on a enlevé pas mal de choses, mais en laissant les plaies ouvertes pour qu'elles se referment toutes seules, ce qui est beaucoup plus agréable pour le patient. Mais là, on a manqué de chance. Surtout moi. Va falloir recoudre toutes les lésions qui saignent, ce qui me donnera ensuite une sensation de traction. Très pénible, avec beaucoup d'élancements. Pendant longtemps. Et moi qui pensais avoir touché le fond. Ah, Hélène, ce que tu peux endurer pour le bien de tes parents, c'est d'un touchant… Pendant que l'anesthésiste évoquait un avenir douloureux, j'ai fait abstraction de mon trou de balle. Autant dire que maintenant je suis complètement insensibilisée. Je demande l'heure à l'anesthésiste. Il est vingt-cinq. À la minute près, je ne sens plus rien. Il a une technique très précise, cet homme. Et un sourire satisfait. Moi aussi.

D'un seul coup, je suis complètement détendue, comme s'il ne s'était rien passé.

Nous pouvons parler à bâtons rompus. Je lui demande des trucs insignifiants qui me passent par la tête : s'il déjeune lui aussi à la cafétéria, s'il a une famille, un jardin. S'il lui est déjà arrivé de louper une anesthésie avant une opération. Si c'est vrai que les gens qui se droguent sont plus difficiles à endormir. Quand nous marquons une pause entre deux phrases, je pense à mes parents qui m'attendent déjà tous deux dans la chambre vide, malades d'angoisse. Qui parlent de moi, de mes souffrances. Parfait.

Ils ont déjà fini de me recoudre. Je sens à nouveau mes pieds. Je demande à l'anesthésiste si c'est possible, et il m'explique qu'il a pour objectif de m'insensibiliser juste ce qu'il faut, ni trop, ni pas assez. Il sait par expérience combien de temps dure une opération d'urgence, et l'analgésie est prévue en fonction de cette durée précise. Il a l'air d'en être très fier, vu son expression. Il ajoute que j'aurai bientôt retrouvé toute ma sensibilité, et malheureusement aussi la douleur. Il me donne dès maintenant un comprimé à cet effet. Selon lui, les analgésiques ont du mal à traiter les terribles élancements qu'on sent dans l'anus. Il faut que je me prépare à en chier. Rien à voir avec ce que j'ai subi avant. Qu'est-ce que je me suis fait là ? On redescend mes jambes, et ce qui remonte le long d'elles, ce sont les sensations de picotement. On me rebouche le trou de balle, on me remet sur mon lit avec ma couverture, et on me ramène dans ma chambre. C'est une vague infirmière du bloc, une inconnue, nulle en conduite de lits roulants. Pire que Robin qui s'affolait à l'aller.

Elle m'installe dans ma grande chambre solitaire et s'en va. Je n'ai qu'à sonner s'il y a quelque chose ; je m'en doutais, connaissant la maison.

Et maintenant ? Quand on a failli perdre tout son sang et qu'on s'est bien énervée, on trouve bien embêtant de rester vautrée dans son lit. Il ne me reste plus qu'à faire disparaître le coussin circulaire. Je relève la couverture, mais il n'est plus là. Où est-il ? Qui l'a pris ? Merde alors, t'es drôlement dans le cirage, Hélène, sans doute à cause des médicaments. On a refait mon lit après cette explosion de sang, c'est évident. Où est passé ce coussin ? Je ne peux pas poser la question, d'ailleurs je n'en ai aucune envie. Peut-être qu'une idiote l'a balancé sans le signaler. Tant mieux. Quelqu'un d'autre s'en est occupé.

Je ne vais sans doute pas éprouver de douleur pendant un certain temps : autant en profiter pour faire quelque chose, mais quoi ? Courir dans tous les sens n'est sûrement pas permis. D'ailleurs je n'y tiens pas, ça pourrait tout faire sauter.

On frappe.

C'est Robin ?

Non, l'ange vert. Ne soyons pas aussi cassante que la dernière fois.

— Bonjour, lance-t-elle.

Je la salue à mon tour. C'est un bon début. Je vais la retenir un certain temps pour éviter de m'ennuyer.

Élucidons d'abord l'énigme du téléphone.

— Est-ce que vous avancez de l'argent quand un patient vient d'être hospitalisé, pour débloquer son téléphone fixe ?

— Oui, et on l'a fait pour toi. Tu te tordais de douleur, alors on s'en est chargées en prenant l'argent de notre caisse. Mais les patients doivent nous le rendre.

Dommage. Et moi qui espérais que c'était Robin.

— Au début de l'année, j'ai été hospitalisée ici pour une stérilisation, et on ne me l'a pas proposé.

En quoi ça la regarde, ce que tu racontes, Hélène, merde…

— C'est un nouveau service que nous proposons.

Je lui en demande un autre : d'aller me chercher un café en bas, et pendant qu'elle y est, de me rapporter aussi une grappe de raisin et un sachet de fruits secs. Il y a de l'argent pour ça dans le tiroir de la table de nuit et pour rembourser la carte de téléphone, du même coup.

Elle a compris, elle s'en va avec l'argent.

Dès que je me retrouve seule, je remplis mon verre d'eau minérale que je promène dans ma bouche avant de la recracher dans la bouteille. Je la secoue en bouchant le goulot avec mon pouce. Je répète trois fois l'opération.

En attendant son retour, je prends conscience de toute ma fatigue. Je ferme les yeux. Malgré l'analgésique et un petit reste de péridurale, la douleur se met à fuser, à croire qu'on est encore en train de me recoudre la peau du rectum avec des aiguilles bien pointues, en tirant sur le fil et en le cassant avec les dents. Comme Maman qui fait tout avec la bouche, même des trucs dangereux : quand j'étais petite, je la regardais accrocher une image avec des punaises. Elle se les fourrait toutes entre les lèvres et, en équilibre sur une chaise, les retirait une à une. La douleur est si forte que je ferme les yeux. Très longtemps.

On frappe, je me réveille, c'est l'ange vert qui revient. Elle a fait vite, plus vite que moi, bien sûr. Normal, ce n'est pas une foutue patiente de procto. Moi, j'avais trouvé le chemin bien long.

Je la remercie ; j'aurais encore quelques questions à lui poser. Faire la conversation n'a rien d'évident, avec mes intestins qui semblent concocter quelque chose. Plus la douleur s'intensifie, plus je m'efforce d'avoir un comportement normal. La fille acquiesce. Je lui propose une gorgée d'eau qu'elle accepte volontiers. Elle va se chercher un verre propre dans la salle des infirmières. Je n'en reviens pas que les anges aient le droit d'y entrer, eux qui n'ont même pas le droit de toucher à une seringue.

Elle revient avec son verre, le remplit à ras bord et, gloup gloup, le vide d'un trait. Chouette, on dirait qu'on vient de s'embrasser sur la bouche. À son insu, évidemment. Et donc à son corps défendant. Comme si je lui avais donné un baiser alors qu'elle était anesthésiée. Bonne définition de notre relation actuelle : des baisers contre la douleur. Pas très efficace.

Malgré tout, je lui fais un grand sourire plein de gratitude. Et là, je m'aperçois qu'elle est très bien maquillée : le long des cils inférieurs, elle a tracé un trait bleu clair, ultra-fin. Des années de pratique. Elle se maquille donc depuis très longtemps ; elle a dû commencer au collège. Bravo.

De but en blanc, je lui pose toutes sortes de questions sur sa mission d'ange vert. Comment devient-on ange vert, où faut-il déposer le dossier, y a-t-il beaucoup de candidatures, est-ce qu'on a la possibilité de choisir un service plutôt qu'un autre ?

J'ai l'impression de parler bizarrement, de m'arracher les mots de la bouche. En fait, je suis trop faible pour parler, mais je ne veux pas affronter seule ces sensations de l'arrière-train. Maintenant, je sais l'essentiel sur ce nouveau champ d'action que j'aborderai dès ma sortie de l'hôpital.

Je me confonds en remerciements. Elle comprend et s'en va.

— Merci de m'avoir invitée à prendre un verre d'eau ! Elle ricane, sans doute pour excuser cette idée d'invitation qu'elle juge excessive, s'agissant d'eau minérale offerte par l'hôpital.

Moi aussi je la trouve drôle, mais pas pour la même raison.

Une fois seule, je me remets à avoir des idées noires : où sont mes parents ? Putain de bordel de merde, c'est dingue ça, ils me laissent carrément tomber. Et moi qui me figurais qu'ils allaient débouler ici juste après le coup de fil de Robin, complètement affolés. Rien. Personne. Tout est désespérément vide. C'est moi qui pense à eux et non l'inverse, il faudrait peut-être que j'arrête. Ils ne veulent pas, eux, que je m'occupe d'eux. Et un jour, il va falloir que je cesse d'en attendre quelque chose. C'est clair comme de l'eau de roche : je suis dans mon lit, opérée d'urgence, ils sont au courant et ne viennent pas me voir. Voilà le style de la famille. Moi, je suis sûre que si l'un d'eux avait un problème de ce genre, je resterais à son chevet en permanence. C'est toute la différence : je suis leur mère et non l'inverse. Il faut que t'arrêtes, ça suffit, Hélène. Maintenant que tu es adulte, tu dois te débrouiller sans eux. Dis-toi une fois pour toutes que tu ne les changeras pas. En revanche, je peux évoluer, moi. C'est ça, je vais vivre sans eux. Changement de plan. Mais vers quoi aller, dans quelle direction ? J'ai besoin d'une activité pour mieux réfléchir. Quand les mains sont occupées, la tête réfléchit mieux.

Et puis je déprime, quand je n'ai rien à faire.

Je prends les raisins et je les pose sur le drap, entre mes jambes, puis je me penche jusqu'à la table de nuit pour attraper le mélange de fruits secs. J'ouvre le sac avec les dents, et avec l'ongle du pouce, je fends un grain de raisin jusqu'au milieu, tout du long, comme un petit pain. Je sépare ensuite les deux moitiés d'une noix de cajou. C'est plus facile que je ne l'imaginais, on dirait qu'elles ont été faites pour ça. Je prends un raisin sec que je coince entre les deux moitiés, et je place cette noix de cajou farcie au cœur de mon grain de raisin. Je n'ai plus qu'à appuyer un peu dessus pour qu'on ne voie plus la fente. Ni vu ni connu. Fourré de manière indétectable. Mon petit chef-d'œuvre est terminé, c'est une bouchée aux fruits secs. Je viens de l'inventer à l'instant, en voyant mon ange vert. J'ai bien fait de lui confier une mission, après tout ils sont là pour ça, ces anges décolorés. Et leur service me fournit l'idée d'une activité future. Tout marche comme sur des roulettes, j'en suis fière.

Je vais maintenant fourrer tous les raisins aux fruits secs pour offrir cette gâterie de mon cru à mon cher et tendre. T'en as trouvé une belle activité, Hélène ! Je pose mes créations sur la table de chevet.

J'aime bien farcir des trucs avec autre chose. Quant à savoir pourquoi mon ange vert m'a donné l'idée de fourrer... Quand quelqu'un m'excite, je m'en aperçois souvent avec un certain retard. Affaire à suivre.

Autrefois, lorsque nous formions encore une famille, Maman préparait des volailles farcies pour Noël, à la grande joie de tous. On farcit un petit poulet avec une caille, on met le poulet dans un canard, le canard dans une petite oie, laquelle entre dans une dinde. Ce qui suppose d'entailler le croupion de chaque volaille pour l'agrandir. Ensuite, elle faisait cuire le tout dans un énorme four qui était prévu pour. Un four professionnel, capable de laisser s'échapper beaucoup de gaz, au besoin. Maman bardait toutes les volailles avec beaucoup de lard, pour qu'elles ne se dessèchent pas à la cuisson, qui devait être très longue pour traverser toutes les couches de viande.

Nous les enfants, nous adorions la regarder découper les volailles sortant du four.

J'ai mal à en perdre connaissance, je n'en peux plus. Hélène, oublie ton postérieur et continue de penser au repas de Noël, à la famille, à des choses agréables. Et que la douleur ne soit pas du voyage.

Maman tranchait toutes les bêtes au milieu à l'aide d'un grand couteau à volaille bien aiguisé qui permettait d'avoir une coupe transversale : chacune avait l'air d'être gravide et de porter dans le ventre le modèle inférieur : la dinde attendait l'oie, l'oie avait un canard dans le ventre, et ainsi de suite. C'était le pied, cette parade de fœtus gravides, servis avec des panais du champ voisin. De délicieuses carottes sauvages toutes blanches.

Un soir que j'écoutais à la porte, mon père a raconté à un ami, dans le séjour, qu'il avait trouvé assez pénible d'assister à ma naissance. Maman avait dû avoir une épisiotomie pour ne pas se retrouver déchirée jusqu'à l'anus : dans son récit, ça faisait un bruit comme celui d'un poulet bien nerveux qu'on découpe à la cisaille, à cause des cartilages et des autres matières qui crissent. Ce soir-là, il avait imité plusieurs fois ce crissement avec beaucoup de talent. Son ami était plié en quatre. On rit toujours très fort de ce qui vous flanque la trouille.

Avant même d'avoir fourré tous mes grains de raisin, je veux reconstituer une grappe entière sur la table de nuit, mais mon geste fait tomber la tige et les grains en attente.

Pas évident de descendre du lit en rappel pour les ramasser. Je préfère ne plus bouger du tout, maintenant que j'ai le croupion recousu. Étant désœuvrée, au bout de mes réflexions, je m'aperçois que la douleur s'aggrave. Il me faut un dérivatif et des analgésiques plus forts. Je sonne. Une infirmière me ramassera tout ça. En attendant qu'elle me vienne en aide, je ne fais rien, pour une fois. Sans bouger, je fixe le mur d'un vert ultra-clair, délicat comme tout. J'ai horreur de ne pas me débrouiller seule, d'être incapable de sauter du lit pour tout ramasser, de devoir m'en remettre aux autres. On n'est jamais mieux servi que par soi-même, en l'occurrence moi, la plus fiable. Pour me mettre de la crème dans le dos et pour bien d'autres tâches quotidiennes.

Elle court, elle vole, la voilà, elle a été assez rapide. Apparemment, il n'y a plus d'encombrements de sonneries.

— J'ai un service à vous demander. Ce serait de ramasser le raisin qui est par terre.

Accroupie près du lit, elle s'exécute.

Mais au lieu de me le rendre, elle l'emporte jusqu'au lavabo. Qu'est-ce qui lui prend ?

— Je vais le rincer, vu qu'il était par terre.

Il ne viendrait même pas à l'idée de ces maniaques de l'hygiène de demander : voulez-vous que je rince votre raisin qui est tombé sur un sol atrocement dégueulasse qu'on lave deux fois par jour ? S'ils le font directement, c'est parce qu'ils pensent que tout le monde a une peur bleue des bactéries, comme eux. Or il n'en est rien. Dans mon cas, c'est même carrément le contraire.

Elle rince longuement le raisin sous l'eau courante, en ajoutant que de toute façon, elle a l'impression qu'on ne l'a jamais lavé, ce raisin, ni le poison qu'on a vaporisé dessus. D'ailleurs, on voit encore cette fine couche blanche, ce duvet indiquant bien qu'il n'a pas été passé sous l'eau. Oh, pitié !

Sans rien dire, je pense hyper-fort : ce lavage complètement barjo des fruits et légumes traités est une couillonnade de première. C'est mon père qui me l'a expliqué, mais on vous l'apprend aussi au lycée, en cours de chimie. Les produits chimiques qu'on vaporise pour éloigner les insectes et les champignons sont si agressifs qu'ils pénètrent sous la peau des tomates et des raisins. On a beau les laver jusqu'à s'en esquinter les doigts, rien ne part. Si l'on est contre les fruits et légumes traités, il faut carrément se dispenser d'en acheter. Inutile de s'imaginer qu'on va faire la nique à l'empoisonnement industriel en les rinçant quelques secondes. Je ne lave jamais les primeurs, refusant de croire que ça enlève une partie des substances toxiques. Si cette fille a éprouvé le besoin pressant de rincer mon bien, c'est que ses semblables se disent toujours que le sol est dégoûtant, parce que les gens s'y baladent sans enlever leurs chaussures. Et dans leur imagination, sur le trottoir, il y a une microparticule de merde de chien tous les deux centimètres : la pire pollution qu'un maniaque puisse concevoir. Quand les enfants ramassent quelque chose sur le trottoir et le portent à leur bouche, on leur dit à tous les coups : attention, il y a peut-être de la crotte de chien dedans. Ce qui est fort improbable. Et quand bien même il y en aurait, serait-ce si grave ? Les chiens mangent de la pâtée de merde qui, dans leurs intestins, se transforme en merde de pâtée pour finir sur le trottoir. Même si je me tapais plusieurs cuillerées de cette friandise qu'est l'étron de chien, il ne m'arriverait certainement rien. Et à plus forte raison, avec un soupçon de trace d'improbable particule de caca de chien qui, entré dans ma chambre on ne sait trop comment, serait collé par terre près de mon lit et s'agripperait à un grain de raisin pour s'introduire dans ma bouche, je ne risquerais rien.

Elle a enfin terminé ses conneries.

Revoilà ma matière première dûment lessivée, contre mon gré. Je ne dis pas merci.

— Est-ce que vous pourriez demander, s'il vous plaît, si on peut me donner des analgésiques plus forts, ou deux comprimés d'un coup ? Celui que j'ai pris ne me fait rien, d'accord ?

Elle acquiesce et s'en va.

Encore très contrariée, je termine mon travail. Ces adeptes de l'hygiène me rendent folle, avec leur esprit obtus, leurs idées superstitieuses et non scientifiques sur les bactéries.

Je sais ce que je vais faire maintenant : aller à la selle. Même si je ne peux pas me lever, je vais me forcer. Et m'occuper de moi, contrairement à mes habitudes. Ma première selle après l'opération d'urgence, autant essayer de la faire ici, sous surveillance et à proximité des médecins, que là où je serai à ma sortie de l'hôpital. Je suis complètement bouleversée, j'ai le vertige.

Je vais me forcer, ce n'est pas si difficile que ça. Et je suis peut-être encore insensibilisée par la péridurale : qui sait si la douleur ne va pas empirer tout à l'heure... Donc, autant essayer dès maintenant. Ressaisis-toi, Hélène, et vas-y. Vu mon alimentation de ces derniers jours, rien que du muesli sec comme un coup de trique, ça devrait dépoter. Allons dans la salle de douche pour enlever le bouchon. Drôlement long, ce qu'ils m'ont enfilé. Je m'installe debout au-dessus de la cuvette dans la position consacrée par l'usage, les jambes écartées, et je repense à la douleur éprouvée sur la pédale en rouvrant la plaie. À côté de celle que j'ai là, c'est de la petite bière. C'est bon, j'y arrive, je me débrouille comme un chef. Impavide, j'expulse le tout en frôlant les cicatrices, et me voilà soulagée. Faut surtout pas le dire à qui que ce soit. J'ai fait un pas vers la guérison. Si je renonce tout à fait à mon projet de rabibocher mes parents, ç'aura été un sacré gaspillage d'énergie et de douleur. Je vais voir. Je me douche et m'essuie en tamponnant. Robin avait raison, c'est bien mieux que de s'essuyer avec du P.Q. Il en sait des choses. Nous allons bien ensemble.

Je reviens jusqu'au lit et reste plantée devant.

Faut que je fasse quelque chose, peu importe quoi. L'essentiel étant que je ne pense ni à mes géniteurs, ni à mon postérieur. J'ai les mains qui tremblent, je suis très tendue, j'éponge les sueurs froides que j'ai au front. Les sueurs froides, ça m'angoisse. Sinon, ça m'arrive juste avant de prendre mon pied. La petite mort. Est-ce que ça se dit de l'orgasme de l'homme ou de celui des animaux, et lesquels ? Je n'ai pas les idées claires. Sale expérience que tout ça. Je remonte dans mon lit. Je sors du sachet toutes mes compositions à base de fruits secs, je me les verse sur les genoux. Puis je me contorsionne jusqu'au coin le plus reculé de la table, et je soulève avec précaution le petit couvercle métallique plein de larmes. Il survole en douceur tout le plateau et je le pose de mon côté, juste à portée de main. Je plonge le bout du doigt dans l'eau salée pour faire tomber une goutte dans la fente de chaque grain de raisin, avec autant de précision que si j'avais une pipette. Pas question de gaspiller les larmes, il en faut pour tous les grains. Je sais déjà à qui je vais les offrir. Pendant de longues minutes, j'arrive à oublier ma douleur grâce à ce travail minutieux. Quand le dernier raisin a reçu sa petite goutte, je les remets tous dans le sachet de cellophane.

Dès que je n'ai plus rien à faire, je craque. Pense à quelque chose, Hélène, à n'importe quoi ! Mes amis, disons plutôt mes camarades de classe, ne savent pas que je suis ici. Mes parents sont les seuls à le savoir, avec mon frère. Bref, je ne peux pas m'attendre à recevoir d'autres visites.

Du coup, je risque d'attendre un bon bout de temps. Je n'ai pas voulu dire à mes copains du lycée pourquoi j'étais hospitalisée. Je les vois mal me rendre visite au service de proctologie, alors qu'ils m'imaginent grippée, à la maison. Quand je me suis barrée du lycée, il y a quelques jours, je ne sais plus combien, je leur ai raconté que je couvais une grippe. Que j'avais des courbatures. Les membres douloureux. Belle expression. Et que je devais rentrer chez moi. Comme ils ne risquaient pas de me rendre visite, personne ne s'apercevrait de mon mensonge. Les copains, ils s'en fichent un peu, des malades. Ils sortent beaucoup, ils font la fête ou ils traînent au parc. Ils boivent comme des trous, enfin on boit et on fume du shit. Pas évident de le faire chez une copine, en présence des parents. On ne va chez les autres que quand leurs vieux sont en vacances. Sinon, on est très bien dehors, pour toutes nos petites activités. Mes parents sont toujours ravis que je prenne un grand bol d'air. S'ils savaient ce que je respire...

Voici Robin, avec un minuscule gobelet de plastique et deux comprimés dedans. Ils n'ont pas la même forme que d'habitude. Je suppose que l'infirmière lui a dit que j'avais mal. Pas besoin de demander de quoi il s'agit. Je tends la main, il y met les deux gros comprimés, et je balance ma paume contre ma bouche ouverte, comme dans les films. Les comprimés me volent droit dans la luette, je suis à deux doigts de vomir. Vite, une rasade d'eau minérale. Je ne peux pas m'empêcher de tousser. Très sensible, la luette.

Malheureusement, la luette est étroitement liée au réflexe de vomissement, ce qui peut être très gênant pendant les rapports sexuels. Le bon Dieu n'y a guère songé en fabriquant l'être humain. Quand, dans le feu de l'action, je suce un mec pour le faire jouir dans ma bouche, gare à la giclée de sperme sur la luette. Parce que là, je gerbe aussi sec. Elle en a vu de toutes les couleurs, cette Hélène. D'autant que je mets un point d'honneur à engloutir toute la queue, ça rend bien, visuellement, dans le genre avaleuse de sabres. Mais en faisant attention à cette luette qui est bien embêtante : il faut toujours passer à côté.

— Dis, Robin, tu as appelé mes parents, avant l'opération ?

— Ah zut, j'ai oublié de te le dire, dans mon affolement : je leur ai juste laissé un message, ils n'étaient pas joignables. Désolé. Ils viendront sans doute plus tard, quand ils l'auront trouvé.

— Oui, oui.

Il fait du rangement dans ma chambre, sur ma table du fond, au pied du lit, dans la salle de douche, puis il dispose mes affaires sur la table de chevet.

Le regard fixe, je murmure pour moi toute seule : « D'autres parents, si leur fille avait un truc comme moi, seraient tout le temps à l'hôpital avec elle, ou collés au téléphone pour ne rater aucun appel en urgence. Les miens, en revanche, ils me fichent la paix… Merci du cadeau. »

Je lui demande s'il veut goûter ma nouvelle spécialité, une recette que j'ai inventée, tellement je m'embête.

Il veut bien essayer. D'ailleurs, difficile de refuser. Il me fait confiance à cent pour cent.

Je lui tends le sachet de raisins lacrymaux. Si un homme avale les larmes d'une femme, je crois qu'ils sont liés à jamais.

J'explique à Robin ce qu'il a dans la main, sans évoquer l'aspect larmoyant de la chose. Il prend le raisin traficoté et se le fourre courageusement dans la bouche. J'entends d'abord le craquement de la peau, puis celui de la noix de cajou. La bouche pleine, il me dit qu'il adore, et demande s'il peut en reprendre. Bien sûr ! Il en prend plusieurs. Tout en continuant son rangement, il repasse souvent par la table de chevet pour en grignoter d'autres.

Les médicaments sont encore inefficaces. Je suis tendue et crevée, il faut croire que la douleur fatigue… Une chambre d'hôpital n'est pas l'endroit idéal pour s'attacher quelqu'un. J'ai l'impression que tout le monde n'a qu'une envie, c'est d'en ressortir au plus vite. Peut-être que ça sent mauvais, ou que je ne suis pas belle à voir. Ou tout simplement que les gens fuient la souffrance et la maladie. Tous les aides-soignants, même Robin, sont attirés comme par enchantement dans la salle des infirmiers où je les entends rire, ce qu'ils ne feraient jamais ici, dans ma chambre. Moi, la patiente, j'aurai bientôt vidé les lieux, et eux, qui sont collègues, ils y resteront. Telle est la ligne de démarcation que je ne tarderai pas à supprimer. Une fois sortie de l'hôpital, même sans formation médicale, je serai des leurs, en quelque sorte. L'ange vert que je deviendrai aura accès à leur drôle de petit salon, pour boire de l'eau gazeuse avec eux. D'ailleurs, pour la première fois, on dirait que Robin recherche vraiment ma compagnie. Au lieu de sortir, il continue son petit ménage, même là où il est déjà passé ; ça me fait plaisir qu'il se soit un peu attaché à moi, lui.

Je décroche le téléphone pour composer le numéro de Maman. Personne. Répondeur.

« Salut, c'est moi. Quand est-ce que vous allez me rendre visite, l'un ou l'autre ? J'ai mal et je risque de rester ici un bon bout de temps. Dis au moins à mon frère de passer, il n'est pas encore venu. J'irai le voir, moi aussi, quand il se fera opérer du cul. »

Je raccroche bien fort, même si sur un répondeur, fort ou doucement, on n'entend pas tellement la différence.

Je demande à la tonalité :

« Au fait, pourquoi t'as voulu te suicider avec mon frère, Maman ? Tu ne vas pas bien ? Qu'est-ce que t'as ? »

Hélène, t'es qu'une dégonflée.

Je suis K.O.

Je parle toute seule, je raconte aussi des trucs à Robin :

— Je n'en peux plus, j'en ai marre de moi. Je dois tout le temps leur réclamer des analgésiques. Question selles, j'ai menti à tout le monde pour pouvoir jouer les prolongations et réunir mes parents. Mais ils ne viennent jamais et encore moins ensemble. Du coup, comment faire aboutir ce projet ? Me voilà dans la merde jusqu'au cou. Je suis dingue de vouloir des trucs pareils, qui n'intéressent personne.

Je sens très bien les muscles de mes épaules qui se recroquevillent, comme chaque fois que je me dis que tout est absurde et que je ne contrôle rien. La crispation des épaules les fait remonter jusqu'aux oreilles et j'essaie de les rabaisser en appuyant dessus, les bras croisés. Je ferme les yeux et tente de me calmer en simulant une respiration profonde. Échec, ça ne marche jamais. J'ai des démangeaisons et des fourmillements dans le cul, et les épaules qui s'incrustent du côté des oreilles.

Toute sa vie durant, ma grand-mère a eu tellement de tensions qu'aujourd'hui elle n'a presque plus d'épaules. Elle a les bras qui sortent des oreilles, juste à côté du visage. Quand je voulais la masser, à l'époque où j'étais encore petite et gentille, elle poussait des cris déchirants. Elle m'expliquait que ces muscles-là étaient tellement noués, depuis des années, qu'au moindre contact, elle avait l'impression d'avoir été touchée sur de la chair à vif. Mais pas question d'entreprendre un quelconque traitement. Elle se contente d'aller voir un retoucheur qui lui fixe ses manches juste à l'encolure, histoire de ne pas avoir un énorme bout de tissu à fleurs qui bâille sur les épaules. Faut que je réfléchisse à une solution pour ne pas finir comme elle. Va savoir comment on empêche ça… Le sport ? Ne plus voir la famille ? Les massages ?

Des massages, on m'en a prescrit à cause de mes problèmes de dos. La première question que je pose aux masseuses, c'est si elles ont eu affaire à des types qui ont la gaule pendant les massages.

Elles répondent toutes par l'affirmative. Dans ce genre de conversation, je feins toujours d'avoir pitié d'elles et d'être révoltée, moi aussi, par ces bandeurs.

Et revoilà, c'est reparti sur les hommes. En fait, j'aime bien entendre des histoires excitantes.

Qu'est-ce qu'elles se figurent ? Comment un homme pourrait-il ne pas avoir la trique quand une femme le masse en haut des cuisses, par exemple, tout près des couilles et de la queue ? Même moi ça me fait mouiller. La différence c'est que chez les femmes, l'excitation ne se voit pas.

Voilà par quoi je vais commencer. Je vais prendre les choses en main pour ne pas finir comme ma grand-mère. Dès ma sortie, je vais prendre rendez-vous pour des massages.

Où est Robin ? Je l'entends fourgonner dans la salle de douche. Peut-être qu'il se fait du souci pour moi. Comme j'ai déjà ingurgité quelques médicaments assez costauds, on lui a peut-être officiellement confié la mission de veiller sur moi, c'est bien possible.

Au fait, quand ai-je mangé pour la dernière fois ?

Je m'en fiche, je ne veux plus que des analgésiques. J'ai de plus en plus mal au cul, et la tête qui tourne.

L'avantage, pour ma grand-mère, c'est qu'elle peut facilement s'étendre sur le côté, alors qu'une carrure normale est très gênante dans cette position. Quand elle est couchée sur le flanc, elle a l'oreille alignée sur le bras, c'est bien plus confortable. En fin de compte, j'aurais tort de me ruer sur ces massages. Je vais bien regarder ma grand-mère avant de prendre une décision.

Robin revient à mon chevet.

— C'est très dur ?

— Oui.

— D'après mon expérience, ça devrait s'arranger au plus tard ce soir. Dès demain, tu te passeras d'analgésiques, et si tu as une selle non sanglante, tu auras sûrement le droit de sortir.

Pas possible… On me renverrait chez moi dans cet état ? Là, mon plan est fichu. Irrémédiablement. En fait, je l'avais déjà fait capoter. Tout ça est absurde.

— Sortir ? Super.

Robin, je ne veux pas rentrer à la maison. J'ai déjà eu une selle, je vous ai entubés. Pardon, c'est à cause de ma fichue famille. Je ne peux aller nulle part, faut que je reste ici. Pour toujours.

Pourvu que Robin ne s'en aille pas…

Je préfère le dérivatif de la conversation, jusqu'à ce que les médicaments marchent.

— Robin, je peux te montrer un truc secret ?

— Oh là, qu'est-ce que ça va être, encore ?

— Pas ce que tu crois. Rien à voir avec le cul, la nudité ou que sais-je d'autre. Je vais te montrer ma petite famille.

Sûr que je suis perdue de réputation. Il acquiesce, l'air un peu gêné.

Je me tourne vers le rebord de fenêtre et soulève la Bible.

— C'est quoi ? demande-t-il.

Je lui expose en long et en large mon passe-temps, la culture des avocatiers.

Il n'en perd pas une miette. Ce sujet me permet de le retenir plus longtemps dans ma chambre. Pendant ce laps de temps, je n'ai pas à le partager avec d'autres malades du cul.

Quand j'arrive à la fin de mes explications, il retire ses chaussures orthopédiques blanches et grimpe sur le lit. Il regarde les noyaux de très près, ce qui m'enchante. Personne ne s'y est jamais autant intéressé.

Il dit qu'il va essayer lui aussi, chez lui. Que c'est très joli.

— Si tu veux, tu peux en choisir un, pour chez toi.

— Non, c'est pas possible, tu t'es donné trop de mal…

— Raison de plus pour que tu le prennes !

Il hésite. Il est sûrement en train de se demander si c'est permis. Drôlement consciencieux, ce Robin, et respectueux des règlements, j'ai l'impression…

— D'accord, si tu es sûre de vouloir t'en défaire. Je prends celui-là.

Il montre le plus beau de tous. Un noyau jaune vif et rosé, avec une pousse vert foncé, bien vigoureuse. Bon choix.

— C'est pour toi.

Il prend le verre et le fait passer avec précaution au-dessus du lit pour ne pas tout saloper. Il glisse les pieds dans ses chaussures, et le voilà debout près de mon lit avec son noyau : il a l'air vraiment content. Nous nous sourions.

Et il ressort.

Je croise les bras sur la poitrine. Quand je pense qu'ils vont bientôt me renvoyer chez moi... Mon corps et moi faisons pfff, et c'est le déluge entre mes jambes. C'est chaud, et va savoir ce que c'est, par quel trou ça sort. Je ne distingue plus grand-chose.

Vérification avec un doigt : d'après nos premières estimations, il s'agit d'un liquide chattesque, sorti du devant. Miracle, le doigt refait surface, et il s'avère que le liquide est rouge. Je vois.

J'ai oublié de me mettre un tampon. Toutes ces hémorragies inhabituelles m'ont fait oublier les saignements d'usage. Le lit est souillé, et moi, la souillon, j'ai du sang partout.

Bon, cette fois, c'est mon affaire. Pas question de sonner Robin en lui demandant encore d'aller me chercher je ne sais quoi. Faudrait pas qu'il se dise qu'étant amoureuse de lui, j'invente toutes sortes de prétextes pour tirer la sonnette. J'ai vraiment mal ; il me faut à tout prix des médicaments. Et pour ça, je ne dois pas hésiter à sonner. Mais là, j'ai peur d'abuser, de l'énerver.

En fait, à quoi bon lui cacher que je suis amoureuse de lui. Puisque je le suis. C'est normal qu'il soit le premier à l'apprendre. Quant aux taches de sang sur le lit, je peux les enlever toute seule. J'ai toujours su le faire, sauf cette fois-là, chez ma tante.

Dans ma caisse en plastique, je prends deux alèses et un mouchoir en papier. Ce faisant, je tombe sur mon vieux tampon qui peut maintenant ressortir : il a déjà dû laisser pas mal de bactéries, et je le flanque à la poubelle avant qu'on ne le repère.

Je m'aperçois que tout cuit, à l'intérieur de la boîte : il fait une chaleur, sur ce rebord de fenêtre... Des gouttes de sueur perlent sur la paroi intérieure, et quand elles auront atteint une certaine taille, elles ne pourront plus y rester collées, elles dégoulineront en entraînant d'autres gouttes dans leur chute. En coulant, elles cherchent le chemin le plus simple, laissant derrière elles un minuscule sillage, comme un fleuve qui, à plus grande échelle, dévaste tout sur son passage ; sauf que là, c'est plus rapide. Et en bas, les gouttes peuvent former entre elles une mare chaude et puante, qui fermente et dégage de la vapeur condensée en de nouvelles gouttes. C'est à qui restera le plus longtemps en haut...

Vérifions cette blouse. Si elle a des taches de sang, je vais flipper. Hors de question d'en demander une autre.

Ouf, elle est propre, je ne l'avais pas coincée sous mes fesses. Parfait. Je me mets sur le flanc pour constater les dégâts : moins graves que je ne pensais. Bon.

Je pose une alèse face ouatée vers le bas, face plastique sur le dessus, et une autre en sens inverse : ça, je le ferais les yeux fermés. C'est agréable d'avoir de l'occupation.

Je déchire le mouchoir en papier : la première moitié me sert à m'essuyer énergiquement les replis de la chatte pour éponger un maximum de sang.

Quant à l'autre moitié, je la plie dans le sens de la longueur pour former une grande bande fine que je roule en serrant bien, progressivement, pour former un petit boudin bien épais que je m'enfonce tout au fond du sexe.

Et toc, vise un peu ça, industrie américaine du tampon !

Et je m'installe sur la face moelleuse de l'alèse.

Tadaa, s'écrie le samouraï.

C'est fait.

Tu prends bien soin de toi, Hélène !

Je suis fière de moi, et comme c'est rare, je m'adresse à moi-même un sourire bienveillant.

Si je suis de si bonne humeur et que je pense à des trucs sympas, c'est parce que les médicaments commencent à faire de l'effet.

Je me mets à l'écoute de ma balafre et constate qu'elle ne me fait plus mal. D'un seul coup, je suis passée de la douleur à son contraire.

J'ai envie de me lever et de me balader.

Ma technique de descente est désormais si perfectionnée qu'on risque de me renvoyer chez moi en me considérant comme guérie.

Je me laisse glisser, les pieds en avant, le buste fléchi à angle droit. Cette figure libre, je l'appelle la descente de lit.

De la porte, on doit avoir une vue imprenable sur mon caraco ouvert et la balafre de mon croupion béant. Je redresse le buste et me voilà debout.

Je tends le bras droit en l'air : on nous a appris à saluer comme ça, à la fin d'un exercice de gymnastique au sol. Avec un grand sourire, j'étire tout le corps vers la main droite en décollant un peu les talons. La main droite redescend sur la cuisse, on courbe la tête comme pour saluer, et on attend les applaudissements. Silence total. Adieu le sourire. Hé oui, Hélène, tu donnes le meilleur de toi-même quand on ne te regarde pas, tu es comme ça.

Depuis que je n'ai plus mal, j'ai envie de bouger. Où aller ? Pas à la porte, je ne veux rencontrer personne. Et puis, dans le couloir, je devrais soit défiler les fesses à l'air, soit enfiler une culotte.

En ai-je, d'ailleurs ? Je ne sais plus ce que Maman m'a apporté.

Ce serait un bon début pour mon petit tour de la chambre, une vérification du contenu de l'armoire. Exact : des pantalons de pyjama et des tee-shirts. Je n'y ai pas touché. J'ai opté d'emblée pour la blouse d'hôpital sans jamais porter mes affaires personnelles.

Robin a dit que je pourrais sortir dès demain.

Et si c'est vraiment ce qui m'attend, il est temps de préparer mon sac.

Je n'arriverai à rien avec mes parents. C'était un bon plan, mais ils ne se sont même pas dérangés quand on m'a opérée d'urgence. J'aimerais bien poursuivre, mais ici ça ne marcherait pas. Mes parents ne viennent pas souvent, et il faudrait que j'aie un truc beaucoup plus grave pour pouvoir rester. À l'hosto, on ne me gardera pas assez longtemps pour que mon plan marche. Et je m'y sens bien ; en tout cas, mieux qu'à la maison.

Si on me fout dehors, je pourrais peut-être aller ailleurs que chez moi.

Je soulève le sac vide, je le plie tout petit et le fourre dans ma poubelle. Là, maintenant mes affaires vont rester dans l'armoire : plus de sac, plus de voyage.

N'importe quoi, Hélène, arrête tes conneries, trouve plutôt un endroit où aller. Idée ! Je ressors le sac de la poubelle.

Faut que je bouge encore un peu, j'en éprouve le besoin : depuis que je ne sens plus mon cul, j'ai l'impression d'être en vacances. Et droguée.

Je vais de la table de chevet jusqu'au bout du lit, et arrivée au coin, je suis le pied du lit jusqu'à la fenêtre et retour. Une fois, plus vite, deux fois ; je refais cinq fois le chemin en accélérant, jusqu'à ce que je sois à bout de souffle.

Cette balade est épuisante pour mes jambes aux muscles atrophiés par l'inaction, même en si peu de jours.

Regardons-les en relevant ma blouse : je vais tendre une jambe et la poser sur le lit, et de même avec l'autre. Elles ont maigri, c'est drôle... On dirait des jambes de mémère, avec peu de muscles, une peau blanche et de longs poils. Oh là.

Je n'y ai pas pensé, depuis le temps que je suis là. Quand on souffre, se raser n'est pas une priorité.

Mais ça va changer.

Je me jette sur mon lit, un peu trop fort. Malgré les comprimés, j'ai un élancement dans le cul qui me remonte dans le dos. Vas-y mollo, Hélène, au lieu de flipper.

C'était sympa de ne pas souffrir, alors pourquoi ne pas continuer ? Bon, évitons tout mouvement brusque.

J'attrape le téléphone et je refais le numéro de Maman. Encore ce répondeur. Est-ce qu'ils sont tous partis en vacances, maintenant qu'ils sont débarrassés de moi ? Quand les ai-je vus pour la dernière fois ?

J'ai du mal à retrouver exactement le jour, mais ça ne date pas d'hier. Difficile aussi de savoir depuis combien de temps je suis ici. Si j'ai des trous de mémoire, c'est sûrement à cause des analgésiques, de la douleur, et peut-être de ma consommation de drogue, plus généralement.

« C'est encore moi. Vous avez trouvé mon premier message ? Si l'un de vous a l'intention de me rendre visite, après tout on ne sait jamais, qu'il se dépêche. Toni, tu n'es même pas venu me voir. Est-ce que tu pourrais m'apporter une robe et une paire de chaussures de Maman, quand tu viendras ? Merci et à bientôt. C'est déjà le soir. »

Oh, que c'est chiant de dépendre des consanguins… Maintenant, il va falloir que j'attende qu'on se décide à m'apporter ces fringues.

Je descends du lit au ralenti et j'entrouvre la porte pour zieuter le couloir : dehors, j'ai entendu un bruit. Quelque chose se prépare…

Distribution du dîner. Poussant des chariots à plateaux, les aides-soignantes s'arrêtent à toutes les portes. Si ça se trouve, on va me proposer un repas normal ce soir, au lieu de l'éternel muesli ou du pain intégral. Si je leur parlais de ma selle déjà ancienne, j'aurais peut-être droit à un truc meilleur, mais je ne dis rien.

Je retourne lentement au lit pour attendre ma pâtée.

On frappe déjà.

Je commence par dire très gentiment bonsoir à l'infirmière, je ne sais pas trop les distinguer. Elles sont toutes imbaisables.

— Bonsoir, mademoiselle Memel, vous êtes de bien bonne humeur... Qu'est-ce qui vous est arrivé, une selle ?

— Non, pas encore, merci de votre sollicitude. Qu'est-ce que vous me servez ?

— Pour vous, malheureusement, ce sera du pain intégral. Vous savez, jusqu'à la première selle.

— Je préférerais du muesli.

J'ai plein de choses à mettre dedans.

— Et les autres ont droit à quoi, ce soir ?

— À du rôti, avec des petits pois, des pommes de terre et de la sauce. Le menu sans viande, c'est un gratin de chou.

Le paradis, quoi. D'autant que c'est chaud. Moi, on ne me sert que de la bouffe froide, ce qui ne me réchauffe pas. Je suis à deux doigts de dire à cette brave dame que j'ai déjà chié depuis belle lurette.

Mais je n'obtiendrais guère qu'un seul repas chaud et une autorisation de sortie. Ce serait trop cher payé.

Il faut déjà que je prenne le temps de mettre au point où j'irai ensuite.

— Merci, je vais le mélanger toute seule.

Les épaules tombantes, je pioche trois cuillerées de muesli que je mets dans un bol, je sors du tiroir mes compositions aux raisins et aux fruits secs, et j'en mets trois dessus. Aujourd'hui, pour Hélène, c'est muesli aux larmes.

Du moment que je ne souffre plus, la vie redevient assez gaie. Ma briquette de lait a un hymen en feuille d'aluminium ; je la déflore avec la paille en plastique qui est attachée dessus, je la retourne et la vide complètement dans le bol. Selon mon père, on a tort de parler de « pailles » vu qu'elles ne sont plus en tige de céréales – d'ailleurs l'ont-elles jamais été ? Difficile à imaginer. Comment pouvait-on percer l'hymen d'un pack de lait avec une paille en paille, sans la casser ? Elles ont sûrement été en plastique de toute éternité, puis, le jour où on leur a trouvé une ressemblance avec la paille, on leur a donné ce nom.

Je me dépêche de finir mon repas froid.

À la dernière bouchée, on frappe doucement à la porte.

Ce n'est pas une infirmière, vu qu'elles tapent toujours très fort et avec détermination. Et comme personne n'entre, j'en ai la certitude. Je parie que c'est mon père, qui a une poignée de main particulièrement molle. Tout le monde s'en plaint. Bref, ses mains ne sont pas assez musclées, même pour frapper aux portes.

— Oui.

La porte s'ouvre lentement et avec une précaution folle, par rapport à d'habitude.

C'est la tête de mon frère. Le gène de la main molle, il le tient de mon père.

— Toni !

— Hélène ?

— Entre, tu viens de rater le dîner. C'est sympa de venir me voir.

Il a un sac à la main.

— T'as des trucs pour moi ?

— Ouais, mais qu'est-ce que tu vas en faire ?

— Secret.

Nos regards se croisent. C'est toute la conversation dont nous sommes capables ?

Bah, après moi le déluge…

— Toni, t'aimes pas les visites à l'hosto, hein ? C'est pour ça que t'es pas venu me voir plus tôt ?

— Ben ouais, tu sais bien. Désolé.

— Tu veux que je te dise pour quelle raison ça te déplaît ?

— O.K., sauf si c'est désagréable.

— Si, ça l'est.

Son sourire disparaît d'un coup. Il me regarde d'un air interrogateur. Vas-y, Hélène, lâche le morceau.

— Quand t'étais bébé, Maman a essayé de se suicider. Avec toi, du même coup. Elle t'a fait ingurgiter des somnifères dans ton biberon, et elle a avalé des comprimés. Quand la gentille Hélène est rentrée à la maison, vous étiez par terre dans la cuisine, sans connaissance, et il y avait du gaz qui sortait du four. Je vous ai sauvés contre la volonté de Maman. Peu après, la maison aurait sauté ou vous auriez été asphyxiés. À l'hôpital, on vous a fait un lavage d'estomac, vous avez dû y rester très longtemps.

Il me considère d'un air triste. Il le savait déjà, je crois. Ses paupières prennent une teinte bleutée. Beau garçon, même s'il n'a pas les yeux très musclés non plus.

Pendant un certain temps, il ne dit rien, ne bouge pas.

Puis il se lève et traverse lentement la pièce. Il ouvre la porte et lance en sortant :

— C'est pour ça que j'ai tous ces cauchemars de merde. Elle va s'en prendre une…

Ma famille va tourner en eau de boudin, encore pire qu'avant.

Par ma faute ?

Pour la simple raison que j'ai dit la vérité à Toni ?

On ne peut tout de même pas se taire éternellement. En mentant. Pour la paix des familles ? Une paix reposant sur le mensonge… On va bien voir ce qui arrivera. Je ne réfléchis pas souvent aux conséquences de mes actes.

Ce projet de réunir mes parents, j'y renonce une fois pour toutes.

Je commence à devenir dingue à force d'être enfermée ici. Eux, ils entrent et sortent quand bon leur semble. Et par-dessus le marché, en faisant des trucs dont je n'ai pas la moindre idée. L'espace d'un instant, je me dis que j'aimerais bien être de la partie. Mais non, n'importe quoi… Dehors, notre famille est encore plus démantibulée, c'est chacun pour soi. Au moins, depuis que j'ai le cul vissé à ce lit, nos chemins se croisent de temps en temps.

On frappe. Quelqu'un se précipite dans ma chambre. Un bref instant, je pense que c'est mon frère qui revient me parler de notre mère qui a bien failli l'assassiner.

Or c'est un homme en pantalon de lin blanc, avec de grosses chaussures orthopédiques assorties.

Un médecin.

Je lève les yeux, c'est ce médecin des hôpitaux.

Zut, il va me renvoyer chez moi. Bah, je m'enchaînerai à mon lit.

— Bonsoir, mademoiselle Memel. Alors, comment allez-vous ?

— Vous voulez savoir si je suis allée à la selle ? Posez carrément la question, au lieu de tourner autour du pot.

— Avant d'aborder la question des selles, je voulais savoir où en est la douleur.

— Tout va bien, l'infirmier m'a donné des comprimés il y a quelques heures, et si j'ai bien compris, ce sont les derniers.

— C'est exact. Il va falloir vous en passer, progressivement. Et cette contrainte d'aller à la selle, ça n'a pas l'air de marcher avec vous. Il y a des patients qu'il est inutile de garder à l'hôpital jusqu'à l'arrivée d'une selle non sanglante. Si la pression est trop forte, ils se bloquent.

Quoi, il m'envoie chier à la maison, sans autre forme de procès ?

— Je vous propose donc de rentrer chez vous et d'essayer là-bas, en toute tranquillité. S'il y a encore des saignements, vous revenez. Rester ici ne sert à rien, à notre avis.

Notre avis ? Je n'en vois qu'un seul, mais bon… Merde. Qu'est-ce que je vais faire, maintenant que tous mes beaux projets sont anéantis par le docteur Notz ?

— Oui, ça paraît raisonnable. Merci.

— Mais vous n'avez pas l'air contente de sortir, à la différence des autres ! Et moi qui aime toujours annoncer la nouvelle moi-même…

Désolée de vous gâcher ce plaisir, docteur, mais je n'ai aucune envie de rentrer chez moi.

— Si, je suis contente, mais j'ai du mal à le montrer.

Et maintenant, casse-toi d'ici, laisse-moi réfléchir tranquille.

— Bon, alors je ne vous dis pas au revoir, car on ne se reverra que si la cicatrisation se passe mal. Donc adieu, j'espère.

O.K., je vois le truc, je ne suis pas si conne. Adieu, c'est ça…

— Moi, je vous dis au revoir. Quand j'aurai repris du poil de la bête, je reviendrai dans le service pour être ange vert, vous savez… Pour donner un sens à ma vie. J'ai déjà posé ma candidature. Alors on se croisera sûrement dans le couloir.

— Bon, très bien, alors au revoir.

Il est dehors, la porte se referme.

Je vais réfléchir !

Limoger la famille, c'est ma dernière chance. Je vais appeler mon père pour lui dire que je sors de l'hôpital et qu'il passe me prendre dès ce soir. Je fais son numéro. Il prend la communication, sans s'excuser de ne pas être venu après l'opération d'urgence. Jusque-là, rien d'anormal. Je lui dis que je sors ce soir, que je l'attends.

À quoi bon l'attendre, Hélène, pose-lui enfin cette question.

— Papa, tu fais quoi, au juste, comme métier ?

— Sans blague, tu ne sais pas ?

— Pas trop.

En fait, pas du tout.

— Je suis ingénieur.

— Ah, et t'aimerais que je sois ingénieur, comme toi ?

— Oui, sauf que tu es trop nulle en maths.

Souvent, Papa me fait très mal. Il ne s'en aperçoit jamais.

Ingénieur. Je note ça dans ma tête et relis : Engin nu.

Idem avec ma mère. Inutile de lui demander son métier vu que je le connais : faux cul. Je lui laisse un message en lui demandant de venir me chercher, de préférence avec Toni. Sauf si elle ne veut plus me voir, après ce que j'ai dit à Toni. Affaire à suivre.

Maintenant Hélène, exécution.

Je sors du lit, une fois pour toutes, pas question de me recoucher. Je récupère le sac que j'avais mis à la poubelle et j'y fourre toutes les fringues du placard. Et tous les produits de la salle de bains. Le sac a une odeur de vieux sang pourri, mais je suis sans doute la seule à le savoir.

Après avoir posé le sac, je me penche par-dessus le lit, j'attrape la Bible et j'en arrache quelques pages.

Quelques allées et venues pour vider dans le lavabo tous les verres des avocats. Plus d'eau.

J'empile les verres, puis je les enveloppe dans une jambe de mon pyjama.

J'emballe mes bébés et leurs cure-dents, une feuille de la Bible pour chacun, et ils rentrent tous dans le sac.

Reste à ranger le tiroir. Le crucifix peut rester là. Un dernier coup d'œil autour de moi, et je reste assise sur le lit, les jambes ballantes, comme dans ma jeunesse.

Cette chambre, on ne dirait jamais que je l'ai occupée, qu'elle a été la mienne. Il n'y a plus que d'imperceptibles traces de bactéries, dissimulées çà et là. Rien de visible à l'œil nu.

Je sonne en espérant qu'il soit encore là.

On aurait pu se faire du souci pour moi, j'y repense. Ils ont sûrement une théorie comme quoi je me retiens pendant des jours, par peur de souffrir ; ça doit d'ailleurs être souvent le cas, dans ce service. Mais se retenir si longtemps ?

Je suis curieuse de savoir si, à un moment donné, ils auraient employé les grands moyens. Du genre lavement. Aucun problème pour moi, ils n'ont qu'à venir, avec leurs tuyaux et leurs liquides, il en faudrait plus pour que je craque.

Ils en mettent un temps, à venir. Ou plutôt il en met un temps, Robin.

Je relève les jambes, je m'étends, et me tourne de l'autre côté. J'aimerais regarder par la fenêtre, mais je ne vois rien. Dehors, il n'y a rien.

Rien que ma chambre et moi, reflétées par la vitre. À force de me regarder, je me trouve bien fatiguée. C'est fou ce que la douleur et les médicaments vous laminent. Pourquoi ne pas y ajouter quelques euphorisants *happy happy* !

J'ai une sale gueule, comme toujours, mais cette fois c'est pire. Les cheveux gras et en pétard. J'imagine que j'aurai cette gueule-là le jour de ma première dépression. Toutes les femmes de la famille ont été déprimées, sans avoir jamais fait grand-chose. Peut-être justement à cause de ça. Je parie que ça va me tomber dessus, totalement à l'improviste. De devenir dingue et, en pleine inaction, de m'effondrer.

Si ça se trouve, j'ai le temps de me laver les cheveux, avant tout ce bordel.

On frappe. Dieu qui te manifestes par ton absence, fais en sorte que ce soit Robin.

La porte s'ouvre, c'est je ne sais quelle bonne femme qui, au moins, a l'avantage d'être habillée exactement comme lui.

— Robin est déjà parti ?

— Son service est fini, mais il est encore sur place.

— Vous pourriez me rendre un grand service, l'attendre et lui dire de passer me voir deux minutes avant de partir ?

— Bien sûr.

— Bon, alors merci.

Merci, merci, merci. Cours vite, petite infirmière.

Il y a de l'orage dans l'air, au-dessus de la famille Memel.

Si Robin est déjà rentré chez lui, mon plan est fichu.

Te laver les cheveux maintenant, tu rêves ?

Dans des moments comme ça, tu t'en fiches de ton look, non ? Robin t'a trouvée jolie même avec ton cul troué qui pendouillait, alors... Et depuis, c'est arrangé. Comme quoi cette intervention était purement esthétique.

Les cheveux poisseux, rien de tel pour tester l'amour de quelqu'un. Comme la position de « la tête qui fourre ».

Mes cheveux resteront gras. Je les repeigne vaguement du bout des doigts.

La porte s'ouvre, c'est lui.

— Qu'est-ce qu'il y a ? J'allais rentrer chez moi, une chance que tu m'aies chopée à temps. Surtout pour toi. Car tu peux m'emmener chez toi quand tu veux, Robin.

— T'as fait ton sac ? Ils te laissent sortir ?

Il a l'air triste. Il est en train de se dire que c'est le moment de me dire au revoir.

Je fais oui de la tête.

Il a caché son uniforme blanc sous un imperméable à carreaux bleus. Classique, d'une élégance intemporelle.

Pas une minute à perdre.

— Robin, j'ai menti à tout le monde. La selle, j'y suis allée depuis longtemps. Autant dire que je suis guérie ; tu sais, je n'ai plus de saignements. Enfin, par-devant si, mais pas par-derrière, tu comprends... J'ai voulu rester très longtemps à l'hôpital, parce que c'était l'endroit idéal pour réunir ma famille. On ne forme plus une vraie famille, et je voulais que mes parents se remettent ensemble ici, dans cette chambre. Mais c'est de la folie, ils ne veulent pas en entendre parler. Ils ont de nouveaux compagnons, et on s'ignore tellement que je ne sais même pas leurs noms. Je ne veux pas rentrer chez ma mère. Mon père est parti. Maman va tellement mal qu'un jour elle a voulu tuer mon frère. J'ai dix-huit ans, c'est à moi de décider où je veux vivre. Je peux m'installer chez toi ?

Il rit.

De moi, ou parce qu'il est gêné ? Je le regarde d'un air atterré.

Il s'approche, se place devant moi et me prend dans ses bras. Je me mets à pleurer. De plus en plus fort. Je sanglote. Il caresse mes cheveux gras bien fort, sans hésitation. Gagné, le test amour.

Je souris à travers mes larmes :

— Je parie que tu te demandes si c'est permis.

Son trench est déperlant, spécial larmes.

— Oui.

— Oui dans le sens où tu veux prendre le temps de réfléchir, ou oui, tu me permets d'aller chez toi ?

— Viens.

Il attrape mon sac et m'aide à descendre du lit.

— Tu peux mettre mon sac dans la voiture et passer me prendre dans quelques minutes ? J'ai encore un truc à régler avec ma famille.

— Pourquoi pas, sauf que je n'ai pas de voiture, mais une bicyclette...

Moi, derrière, avec mon cul pété, manquait plus que ça... Mais on va se débrouiller.

— Tu habites loin ? Pour un petit trajet, je tiendrai le coup sur le porte-bagages.

— Non, c'est vraiment tout près. Je vais dans la salle des infirmières avec ton sac, et quand tu me bipes avec la sonnette, je passe te prendre. C'est moi qui ai ton sac : pas question de revenir sur ta décision.

— Je ne serai pas longue. Je voudrais juste prendre un truc dans le sac…

Je fouille dedans, je sors mon stylo-bille. Je vais en avoir besoin. Et aussi d'un tee-shirt et d'une paire de chaussettes.

Il me caresse le visage, les lèvres pincées, en approuvant plusieurs fois de la tête. Histoire de me donner du courage pour ce problème familial.

— Je ne reviendrai pas en arrière, fais-je ensuite.

La porte se referme.

Je sors la robe et les chaussures de Maman qui étaient dans le sac de Toni.

Le sac, je le flanque dans le placard ; je n'en ai plus besoin, il gâcherait le tableau.

Quant à la robe, je la pose avec le décolleté contre le mur et, à bonne distance, je mets les chaussures dessous.

Je plie le tee-shirt sur lui-même, style layette, et j'enroule un peu les chaussettes pour leur donner l'air de chaussons de bébé. Je pose le tout à côté du corps de femme adulte. Dans la caisse en plastique, je trouve deux alèses que je plie tout petit pour servir d'oreiller aux têtes des deux personnages.

Je vais fabriquer des cheveux au grand corps. Je m'en arrache plusieurs que je pose un par un sur l'oreiller. On ne les voit même pas. Du coup, je recule de quelques pas pour savoir à partir de quelle quantité ils sont visibles quand on entre incidemment dans la chambre. À un moment donné, je cesse de les enlever un par un, ce qui prend trop de temps, je m'en arrache des touffes entières que je pose sur l'oreiller jusqu'à ce que le résultat soit concluant. C'est moins douloureux que je ne l'aurais imaginé, sans doute à cause des comprimés. Passons aux cheveux du bébé. Il en faut des courts : avec un seul de mes cheveux, je peux en faire trois. J'en mets plein sur l'oreiller, pour qu'on les voie bien.

Maintenant, on discerne bien une femme et un petit garçon.

À leur chevet, je dessine au stylo-bille un four sur le papier peint. Un peu en perspective, comme s'il était encastré dans le mur.

En haut de la porte du four, j'enfonce le bic dans le papier pour l'entailler, puis je grattouille tout le long du trait en décollant le morceau avec précaution, jusqu'en bas. Ce rectangle de papier repose par terre, on dirait une vraie porte de four ouverte.

Je recule de quelques pas pour considérer ce que ma famille ne va pas tarder à trouver.

Ma lettre d'adieu. La raison de mon départ. Le silence.

Ils sont là, ma mère et mon frère, comme je les avais trouvés. Ils ont tous espéré que je l'oublierais, mais comment oublier un truc pareil… Leur silence a aggravé les choses dans mon esprit, au lieu de les effacer.

Je sonne pour la dernière fois et j'attends mon Robin ; ça sent le gaz.

Il entre.

— Sors-moi de là.

On s'en va.

Je referme la porte derrière moi en respirant très fort, plusieurs fois.

Nous marchons doucement côte à côte, dans le couloir, sans nous tenir par la main.

Soudain, il s'arrête et pose le sac à terre. Il a changé d'avis.

Non, il passe derrière moi pour tirer ma blouse sur les fesses. Il veut que je me couvre en public, c'est bon signe. Il reprend le sac, et nous continuons d'avancer.

— Si j'habite chez toi, tu voudras sûrement coucher avec moi ?

— Oui, mais j'attendrai un peu pour t'enculer.

Il rit. Moi aussi.

— Je coucherai avec toi le jour où tu seras capable de sucer le cul d'un poney hyper-fort, en le retroussant à fond.

— Tu crois que c'est faisable, ou tu dis ça parce que tu ne veux pas baiser avec moi ?

— J'ai toujours eu envie de sortir ça à un mec, et voilà, c'est fait. Si, je veux, mais pas aujourd'hui. Je suis trop fatiguée.

Nous arrivons à la porte vitrée.

J'appuie comme une malade sur le buzzer, la porte s'ouvre d'un coup, je balance la tête en arrière et je crie.

9249

Composition
PCA - REZÉ

Achevé d'imprimer en Espagne
par ROSÉS
le 23 avril 2010.
1er dépôt légal dans la collection : mars 2010
EAN 9782290021507
ÉDITIONS J'AI LU
87, quai Panhard-et-Levassor, 75013 Paris

Diffusion France et étranger : Flammarion